KB122219

고장난 하루

고장난 하루

애나 월츠 · 하위어르 펠레그린 지음 | 김정하 옮김

라임

강박증의 벽에 갇히다

아나

모든 것이 형편없었다, 언제나처럼.

이번에는 제대로 할 수 있을 줄 알았다. 내가 뒷걸음질칠 그 어떤 이유도 없었으니까. 이번 사회 수행평가는 각자 주제를 정한 뒤 시청각 자료를 준비해서 수업 시간에 십오 분 동안 발표하면 되는 것이었다. 나는 기대에 가득 차 있었다. 수산나 선생님이 수행평가 얘기를 꺼내는 순간에 이미 어떤 주제를 할 것인지 머릿속으로 정했기 때문이다.

고대 이집트……. 나로서는 당연한 주제였다. 그동안 이집트의 신들과 파라오, 문자, 예술, 그리고 나일 강변에서 살았던 사람들에 대해 쓴 책을 수없이 읽었다. 나중에 이집트를 전문적으로 연구하는 고고학자가 될 수도 있을 만큼. 그놈의 몹쓸 병만 아니라 면 적으나마 희망이 있었을 텐데⋯⋯.

때때로 나는 초등학교에 입학할 당시에 아빠가 준비했던 편지를 학교에 제출했어야 했나, 하는 생각이 들곤 한다. 편지의 내용은 대충 이렇다.

아나에게는 강박증이 있습니다. 발작을 피하기 위해 어떤 행동을 반복하기도 하고, 특정 단어를 연거푸 말하기도 하며, 다른 사람에게 계속 말해 달라고 요구하기도 합니다. 한참 예민할 때는 다른 사람과 눈 맞추는 것을 피하기도 하고요. 아, 손을 여러 번 씻어야 해서 수업 시간에 화장실에 가도록 허락해 주셔야 할 수도 있습니다. 이를 증명하는 의사의 진단서를 첨부합니다.

아빠는 선생님에게 전하라면서 엄마가 안 보는 틈을 타서 나에게 이 편지를 건네주었다. 하지만 엄마가 금방 알아 버렸다. 내가 다 말했기 때문이다. 나는 이 세상 그 누구의 말보다 엄마 말을 가장 철석같이 믿었으니까. 엄마는 화가 나서 허공에 대고 소리를 마구 지르더니, 그 후 일주일이 넘도록 아빠와 단 한 마디도 나누지 않았다.

물론 선생님들에게 내 증세에 대한 건 일절 말하지 않았다. 엄마는 선생님들이 이해하지 못할 거라고 했다. 내 생각도 그랬다. 이건 겪어 보지 않고선 아무도 이해할 수 없는 거니까.

발표는 순조롭게 시작되었다. 나는 룩소르(이집트 남부에 있는 도시)를 비롯해 투탕카멘의 무덤, 그리고 왕가의 계곡 사진을 잔뜩 담은 파워포인트 자료를 준비했다. 원고는 필요 없었다. 발표 내용을 완벽하게 꿰고 있었으니까. 카르나크 신전의 높다란 기둥, 파피루스 꽃 모양의 기둥머리 장식, 고양이 머리를 하고 있는 여신 바스트, 문자의 신 토트, 죽은 사람을 깨운다는 오시리스……. 아, 태양의 배 이야기도 빼놓을 수 없었다.

나는 반 친구들에게 상형 문자로 쓴 파라오의 이름을 보여 주면서 설명을 이어 갔다. 샹폴리옹(이집트 문자의 해독에 최초로 성공한 프랑스의 이집트 학자)과 로제타석(고대 이집트 문자 해석의 실마리가 된 비석), 그리고 투탕카멘의 무덤을 발견한 영국의 고고학자 하워드 카터에 대해서도 이야기했다.

또 고대 이집트의 여러 도시와 해마다 범람해서 땅을 비옥하게 해 준 나일강, 그리고 이집트인들이 하늘에 있다고 믿었던 강 이야기도 들려주었다. 이집트인들은 비가 내릴 때마다 하늘에서 그 강물이 쏟아져 내린다고 여겼을 뿐 아니라, 그 비가 인간에게 부를 내려 준다고 생각했다.

혁명의 아이콘으로 자리 잡은 파라오 아크나톤의 아내로, 내가 가장 좋아하는 네페르티티 왕비 이야기는 마지막을 위해 아껴 두었다. 이집트 제18왕조의 10대 왕인 아크나톤은 태양을 상징하는 유일신 아톤을 믿었으며, 부와 권력이 막강해진 사제들을 견제하기 위해 종교 개혁을 시도했다.

그리고 그와 떼려야 뗄 수 없는 인물이자 빼어난 미모를 가진 왕비 네페르티티. 20세기 초에 독일의 고고학자들이 그녀의 흉상을 발견해서 베를린의 노이에스 박물관에 보관해 놓은 덕분에 언제든 마음만 먹으면 그 아름다운 모습을 감상할 수 있게 되었다. 가무잡잡한 피부와 생기 있는 얼굴, 길고 아름다운 목선을 자랑하는 네페르티티, 네페르티티, 네페르티티……

됐다. 네페르티티라는 단어를 정확히 일곱 번 썼다. 그리고 나자 마음이 한결 편안해졌다. 나 말고는 아무도 읽지 않는 일기장에다 왕비의 이름을 원하는 만큼 쓰는 건 식은 죽 먹기다. 하지만 수업 시간에는 그리 쉬운 일이 아니다, 특히나 발표 시간에는.

모두의 시선을 한몸에 받으며 가장 좋아하는 이야기를 술술 늘어놓는 동안에는 나 자신이 거의 정상이라고 느껴졌다. 하지만 발표 수행평가는 결국 실패하고 말았다. 세 번째 줄에 앉은 라우라 때문이었다. 갑자기 라우라가 옆에 앉아 있는 에바의 팔꿈치를 툭툭 쳤다. 이윽고 두 아이가 서로 마주 보더니 조롱하는 듯한 미소를 주고받았다. 나를 비웃고 있었다. 나뿐만 아니라 네페르티티 왕비까지…….

거의 완벽한 그녀의 얼굴을 비웃다니. '거의' 완벽하다고 설명하는 이유는 흉상의 한쪽 눈이 미완성이라서 마치 눈이 멀기라도 한 듯이 시선이 한 곳에 고정되어 있기 때문이다. 마치 한 번도 살았던 적이 없는 듯, 부서져 버린 육체인 듯, 순식간에 사라져 버릴 기억인 듯, 망각에 삼켜질 기억인 듯…….

네페르티티, 네페르티티, 네페르티티……. 사실 집에서는 아주 쉬웠다. 마음 편하게 이름을 일곱 번 반복해서 말할 수 있으니까. 하지만 교실에서는 달랐다. 최대한 표 나지 않게 그 이름을 반복해서 말해야만 했다. 원래 그렇게 말하려고 준비했던 것처럼, 바보 같은 나의 강박증 때문에 생긴 습관이라는 걸 아무도 눈치채지 못하도록 아주 자연스럽게…….

손바닥에 땀이 차기 시작했다. 죽고 싶었다. 차라리 지구가 나를 삼켜 버리면 좋을 듯했다. 다섯 번이나 그 이름을 반복해서 말했는데, 어떻게 바보 같아 보이지 않을 수가 있을까?

정확하게 뭐라고 했는지조차 기억나지 않았다. 비슷비슷한 문장을 여러 번 말했던 것 같다. 이 네페르티티, 저 네페르티티, 더 멀리 있는 네페르티티……. 그렇게 세 번쯤 반복했을 때, 교실 여기저기에서 웃음을 참는 소리가 들리기 시작했다. 수산나 선생님이 아이들을 조용히 시켰다.

그러고도 나는 그 이름을 두 번 더 반복했다. 네페르티티, 네페르티티. 결국 마지막에 이야기하려고 준비해 두었던 것들을 모두 잊어버리고 서둘러서 발표를 끝내 버렸다.

친구들이 박수를 쳐 주었지만, 나는 오로지 얼른 자리로 돌아가서 공책에다 네페르티티의 이름을 더 쓰고 싶다는 충동에 시달렸다. 두 번 더 쓰면 일곱 번 말한 게 되니까. 그래야 안심할 수 있었다.

발표 수업을 생각하자 다시 불안감이 밀려들었다. 나는 다른 것에 관심을 두려고 애를 썼다. 주방으로 가서 물을 한 컵 마신 뒤 손을 두 번 씻었다. 그런 다음 키친타월로 닦았다. 정확히 두 번. 하지만 괴로움은 사라지지 않았다.

언제까지 이렇게 살아야 할까? 뇌가 제대로 작동하지 않아서 말과 행동은 물론이고, 감정조차 조절하지 못하는 채로 말이다. 나는 절대로 정상적인 생활을 할 수 없을 것이다. 다른 도시에 가서 공부를 하거나 이집트에 가는 건 꿈도 꿀 수 없을 테지. 어른이 되어서도 좋아하는 일을 할 수 없을 것이다. 언제까지나 환자인 채로 살아야 할 테니까.

내 안에는 엉망으로 망가져 버린 것이 웅크리고 있었다. 나를 통째로 일그러뜨리는 뭔가가, 나를 우습게 만들어 버리는 뭔가가, 도무지 이해할 수 없는 뭔가가. 네페르티티의 완벽한 얼굴에서 빠져 버린 그 한쪽 눈처럼.

눈에 띄는 아이

브루노

　지금껏 이집트인들에게는 전혀 관심이 없었다. 아니, 어렸을 때는 좀 있었는지도 모르겠다. 보물이 묻힌 파라오의 무덤과 붕대를 칭칭 감은 미라 이야기를 좋아했다. 하지만 곧 좀 더 깊이 있는 주제(내 경우에는 《반지의 제왕》이었다.)로 관심이 옮겨 가서, 미라 이야기는 할로윈 데이 때가 아니면 까맣게 잊고 살았다.

　고대 이집트에 미라 말고도 그토록 경이로운 것들이 많을 거라고는 상상도 못 했다. 역사를 알려 주는 높은 신전과 무덤의 벽화뿐 아니라 온라인 게임에서 본 캐릭터도 있었다. 그들이 이집트의 신들이라고 했다. 고양이 얼굴을 한 여신도 있고, 악어 얼굴을 한 여신도 있었으며, 이상한 새의 얼굴을 한 문자의 신도 있었다.

모두 오늘 사회 시간에 아나 덕분에 알게 된 것들이었다. 선생님을 비롯해 우리 반 아이들 전부 아나의 발표에 푹 빠져들었다. 모기 소리 하나 들리지 않았다. 참 이상한 일이었다. 아나는 평소에 전혀 눈에 띄지 않는 아이였다. 성적은 좋은 편에 속했지만, 사람들의 관심을 끄는 구석이라곤 하나도 없었다. 내가 이 학교로 전학 온 지 얼마 안 돼서 아직 잘 모르는 걸 수도 있지만.

아나는 나보다 두 자리 뒤, 그러니까 네 번째 줄에 앉았다. 어쩌면 그래서 제대로 살펴보지 못했을 수도 있다. 아니, 이실직고하자면 그동안은 카롤리나를 쳐다보느라 다른 아이한테 관심을 둘 겨를이 없었다.

그렇다고 해도 어째서 그동안 그 애를 발견하지 못한 걸까? 심지어 아나가 예쁘다는 사실조차 깨닫지 못했다는 사실이 믿을 수 없었다. 물론 카롤리나처럼 눈에 띄게 예쁜 건 아니지만, 아나에게는 또 다른 매력이 있었다.

오늘 아침, 그걸 깨달은 순간부터 그 애에게서 눈을 뗄 수가 없었다. 회색에 가까운 푸른빛이 도는 아나의 커다란 눈은 따뜻하면서도 다정한 느낌을 주었다. 《반지의 제왕》에 나오는 요정 아르웬이 떠올랐다. 투명한 피부와 짙은 색 머리카락은 아르웬을 연상시키기에 충분했다. 물론 귀가 뾰족하지는 않으니까 아르웬과 똑 닮았다고 할 순 없지만.

아나가 마음에 들었다. 그 애의 푸른빛 눈동자와 부드러우면서도 조금 자신 없어 보이는 듯한 목소리가 좋았다. 또 고양이 얼굴을 한 여신과 하늘을 나는 마법의 배에 관해 그토록 많이 알고 있다는 것이 감탄스러웠다. 시시콜콜한 관심사를 나누며 무리지어 다니는 다른 여자아이들과 달라 보였다. 좋아하는 것에 몰입해 살짝 들뜬 목소리로 재잘대는 모습이 나와 꼭 닮아 있었다.

그래서 다른 아이들도 나처럼 아나의 발표에 감동을 받았을 거라고 생각했다. 체육 시간에 다니에게 슬쩍 물어보았더니, 처음에는 무슨 말인지조차 알아듣지를 못했다. 한참 만에야 내 질문을 이해하고선 이상한 얼굴로 나를 쳐다보았다.

"너, 아나 좋아해? 돌았냐? 걔는 아무한테도 관심 없어. 진짜 이상한 애라고."

"아나에 대해 뭐 좀 아는 거 있어?"

"같은 초등학교를 다녔는데 원래부터 좀 이상했어. 어릴 땐 경련을 일으키기도 했고. 다들 깜짝 놀랐다니까? 마치 누가 자길 죽이려고나 한 듯이 울어 댔거든. 아무 이유도 없이 말이야. 그래서 아무도 그 애 옆에 앉고 싶어 하지 않을 정도였어."

"지금은 그렇지 않잖아. 내가 보기엔 지극히 정상인데?"

"나이를 먹으면서 진정이 되었나 보지."

다니가 어깨를 으쓱하며 덧붙였다.

"어쨌든 우리 반에서는 아무하고도 어울리지 않아. 어휴, 쟤 엄마는 또 어떤지 아니? 이틀에 한 번꼴로 학교에 온다니까? 선생님과 상담하려고…… . 전 과목 선생님을 다 만나. 완전 극성이지."

"왜 그렇게 자주 오시지? 아나는 공부도 잘하고 범생이잖아."

"내가 어떻게 알아? 아나가 학교생활을 잘하고 있는지 궁금한가 보지. 아니면 치맛바람이 장난 아니든가…… ."

우리는 바스켓에 농구공을 던져 넣을 차례를 기다리며 서 있었다. 맞은편 농구대 앞에는 여학생들이 대기하고 있었는데, 아나 혼자 외로운 섬처럼 아무하고도 어울리지 않은 채 멀찍이 떨어져 있었다.

"혹시 아나 휴대폰 번호 알아?"

다니는 내 말을 믿지 못하겠다는 듯이 고개를 절레절레 저었다.

"아니, 몰라. 아마 우리 반에서 쟤 휴대폰 번호 아는 애는 한 명도 없을걸. 근데 지금까지 내가 한 말을 다 어디로 들은 거냐?"

"알았어. 직접 물어보지, 뭐."

나랑 영화 보러 갈래?

아나

어떻게 해야 할지 모르겠다. 오늘 정말로 이상한 일이 일어났다. 기대도 하지 않았던 일이다. 친구가 생기는 것······.

그 애 이름은 브루노다. 얼마 전에 전학을 왔기 때문에 아직 나를 잘 모른다. 그렇다고 다른 아이들이 나를 잘 안다고 할 수도 없지만. 내가 그 애들과 말을 전혀 섞지 않으니까. 나는 무의식중에라도 습관이 드러나는 걸 방지하기 위해 수도 없이 연습을 한다.

그러거나 말거나, 친구들에게 나는 어딘가 좀 이상해서 가까워지고 싶지 않은 존재인 것 같다. 어쩌면 내가 거리를 두고 있는 걸지도······. 모르겠다, 두 가지가 다 섞였을 테지.

처음부터 그랬던 건 아니다. 초등학교 때 아인오아라는 친구가 있었다. 지금도 같은 반이지만 거의 이야기를 나누지 않았다. 아인오아는 5학년 때 이후로 우리 집에 발길을 뚝 끊었다. 내가 아인오아에게 방문을 두 번씩 드나들도록 강요했기 때문이다.

그날의 일은 결코 잊을 수가 없다. 그 애가 내 말대로 하지 않는 바람에 통제력을 잃고 마구 날뛰었으니까. 아인오아는 그 전에도 여러 번 우리 집에 놀러 왔는데, 그때는 군말 없이 내 방문을 두 번씩 통과해 주었다. 그게 놀이라고 생각해서 순순히 따라 주었는데, 그날 오후에는 어쩐지 하기 싫다며 완강하게 거부했다. 내가 고집을 부리면 부릴수록 더욱더 안 된다고 강력하게 맞섰다.

그 순간, 내 안에 있던 무언가가 뚝 끊어졌다. 나는 소리를 지르면서 벽에다 머리를 들이박기 시작했다. 아인오아는 깜짝 놀라서 비명을 질러 댔다. 무슨 일이 일어났다는 걸 알아차리고 엄마가 달려왔을 때, 내 이마에서는 피가 줄줄 흐르고 있었다.

그날, 나는 병원에 가서 진료를 받았다.

사실 친구가 있고 없고는 그리 중요한 문제가 아니었다. 친구가 있다 하더라도 내 이야기를 솔직하게 털어놓을 수는 없을 테니까. 그렇다면 그건 진정한 우정이 아니지 않을까?

마지막으로 상담을 받았을 때, 의사 선생님은 나더러 친구를 더 많이 사귀라고 했다. 엄마가 그 선생님을 한심하다는 듯한 눈빛으로 바라보는 걸 보고는 마음이 좀 놓였다. 적어도 엄마는 나에게 친구를 사귀라고 강요하지 않을 테니까.

친구 없이 지내는 게 익숙해지다 못해 숨 쉬는 것처럼 당연해졌기 때문에 오늘 일어난 일은 조금도 예상을 하지 못했다. 브루노는 우리 반에서 잘생긴 축에 들었다. 정작 자신은 그 사실을 모르는 것 같지만. 나이에 비해 키가 훤칠했고(나보다 머리 하나는 더 컸다.) 언제나 따뜻한 미소를 머금었다. 나도 그렇게 웃을 수 있다면 얼마나 좋을까?

내가 도서관에 막 들어가려 할 때, 브루노가 다가와 말을 걸었다. 나는 점심시간마다 도서관에 가서 음악을 들으며 책을 읽거나 글을 썼다. 도서관은 혼자 있어도 전혀 이상해 보이지 않는 유일한 장소였다.

"아나, 나랑 잠깐 얘기 좀 할래?"

나는 얼떨떨한 표정으로 고개를 끄덕였다.

우리는 도서관 문에서 조금 떨어진 곳으로 갔다. 문득 그 애가 긴장하고 있다는 것이 느껴졌다. 브루노 같은 아이도 소심해질 수 있다니, 그저 놀라울 뿐이었다.

"어제 네가 한 발표 말이야……. 정말로 좋았어. 바스트 신, 토트 신, 오시리스 신에 대해 이야기할 때 완전히 푹 빠져들었거든."

"너, 기억력이 정말 좋구나!"

내가 감탄스런 목소리로 말하자, 브루노가 쑥스러운 듯이 얼굴을 붉혔다.

"사실은 어제 오후 내내 이집트 문화에 대한 자료를 찾아봤어. 네가 이야기해 준 것들이 엄청 흥미로웠거든."

나는 무슨 말을 해야 할지 몰라서 미소를 살짝 지었다.

"재미있었다니 다행이야. 내가 정말 좋아하는 이야기거든."

"특히 네페르티티 왕비에 대한 이야기가 감동적이었어."

"누구?"

나는 브루노의 말을 똑똑히 들었지만, 반복이 필요했기에 모른 척하며 다시 물었다.

"네페르티티, 아크나톤 왕의 아내 말이야. 정말 대단한 역사야. 유일신을 지키기 위해 사제들과 맞서다니! 참, 네페르티티의 조각상도 봤어. 뾰족한 턱이 꽤 인상적이던데, 신비로우면서 독특한 모습이더라. 수천 년도 더 전에 살았던 왕과 왕비에 대해 그토록 많은 자료가 남아 있다는 사실이 놀라워. 그 모든 역사가 상형 문자로 적혀 있다는 것도!"

나는 누군가에게 이해받았다는 생각에 신이 나서 나도 모르게 맞장구를 치고 말았다.

"맞아, 언젠가 그 문자들을 직접 해독할 수 있게 되면 얼마나 좋을까? 이제 람세스 2세나 하트셉수트 같은 몇몇 파라오의 이름은 상형 문자로 봐도 구별할 수 있어. 하트셉수트는 조각상을 보면 언뜻 남자 같아 보이지만 사실은 여왕이라는 거 알아?"

"어제 그 여왕 이야기도 읽은 것 같아."

"진짜 재밌지 않니?"

우리는 상대방이 먼저 말을 꺼내기를 기다리며 잠시 동안 침묵했다. 마침내 브루노가 입을 열었다.

"저기, 내가 영화 상영작들을 좀 살펴봤는데……, 아쉽게도 이집트에 대한 영화는 하나도 없더라고."

내가 생각지도 못한 얘기에 웃음을 터뜨리자, 브루노의 얼굴에 실망한 기색이 설핏 스쳤다.

"그나마 볼만한 게 마블 영화던데, 어때?"

"응, 뭐가?"

"나랑 같이 영화 보러 가는 거 말이야."

브루노의 목소리가 조금 떨렸다. 그리고 잔뜩 긴장한 표정으로 내 대답을 기다렸다.

"마블 영화가 별로라면 다른 걸 봐도 상관없어. 디즈니 영화도 있고 로맨틱 코미디도 있으니까. 네가 보고 싶은 걸 골라 봐. 나랑 영화 보러 가는 게 괜찮다면 말이야……."

"그래, 좋아. 나도 너랑 영화 보고 싶어."

가까스로 대답을 했지만 목소리가 거의 나오지 않았다.

내가 왜 영화를 같이 보러 가겠다고 했을까? 말도 안 되는 일이었다. 그때 대체 무슨 생각을 했던 거지? 나는 브루노를 잘 모른다. 유일하게 아는 거라곤 어제 내가 한 발표 내용이 마음에 들어서, 그 애가 오후 내내 이집트 문화에 관한 자료를 찾아보았다는 사실뿐이었다. 아니면 내가 마음에 들어서 그랬던 건지도 모른다. 그런 생각을 하자 가슴이 쓰라렸다. 기분이 좋기도 하면서 참을 수 없기도 했다.

남자 친구를 사귀는 건 나에게 순전히 사치다. 만약 일이 잘 풀려서 서로 좋아하게 된다면? 절대로 안 될 말이다. 브루노가 나에게 중요한 사람이 된다면? 아마도 그 애한테 상처를 주게 될 것이다. 언제가 됐든 반드시 그렇게 되고 말겠지. 나 같은 사람 옆에 있는 건 지옥에서 사는 것과 마찬가지니까.

나는 밤이 될 때까지 엄마에게 이 이야기를 하지 못했다. 어떻게 반응할지 알 수가 없었기 때문이다. 가까스로 결심을 한 뒤에야 어렵사리 주방으로 갔다. 엄마는 식탁에 앉아서 시험 답안지를 채점하고 있었다. 제일 위에 놓인 답안지에 빨간색 볼펜으로 동그라미를 치고 메모를 덧붙인 것으로 보건대, 엄마 기분이 그리 좋을 것 같지가 않았다.

나는 엄마 앞에 앉자마자, 오늘 학교에서 있었던 일을 단숨에 쏟아 냈다.

"우리 반 남자애가 금요일에 영화를 같이 보러 가자고 했어요."

엄마가 고개를 번쩍 들고서 나를 빤히 바라보았다. 볼펜이 답안지 위로 툭 떨어지면서 답안지 모서리가 위로 접혔다.

"누구? 내가 아는 아이니?"

"아니요, 얼마 전에 전학 왔어요. 브루노라는 앤데, 나처럼 이집트 역사를 좋아해요."

"정말? 웬 우연이야?"

엄마는 눈을 동그랗게 뜨며 애써 미소를 지었다. 사람들이 갑작스럽게 충격을 받은 뒤 내색하고 싶지 않을 때 짓곤 하는, 아주 어색한 미소였다.

"그래서 좋다고 대답했어?"

"네, 하지만 잘한 건지 모르겠어요."

엄마는 다시 볼펜을 집어 들고는 답안지 채점에 집중하려고 애를 썼다. 내가 먼저 말을 꺼내기를 기다리는 눈치였다.

"괜찮을까요?"

엄마는 짐짓 답안지에서 눈을 떼지 않고 대답했다.

"이건 네가 결정해야 할 일이야. 물론 엄마도 의견이 있기는 하지만."

"엄마 생각은 어떤데요?"

마침내 엄마가 고개를 들어 나와 눈을 맞추었다.

"네가 상처받을까 봐 두려워."

"엄마가 두려운 건 내가 다른 사람에게 상처를 줄까 봐 그런 거잖아요. 안 그래요?"

"아냐, 너는 아무에게도 상처를 주지 않아. 스스로를 상처 입히는 거지."

이야기를 어떻게 시작하더라도 결론은 늘 똑같았다. 엄마는 그동안 같은 말을 수도 없이 해 왔다. 그런데도 여전히 그 말을 들으면 마음이 아팠다. 아프지 않았던 적이 단 한 번도 없었다.

"그럼 엄마는 내가 그 애랑 같이 영화를 보러 가는 게 별로라고 생각하는 거네요?"

나는 다 기어 들어가는 목소리로 조그맣게 말했다. 그러고는 자리에서 일어나 엄마에게 다가가, 어깨 너머로 답안지 윗부분에 써 놓은 메모를 바라보며 중얼거렸다.

"그냥 영화를 보러 가는 것뿐인데⋯⋯."

"아냐, 열여섯 살짜리 남자아이가 동갑내기 여자아이한테 영화를 보러 가자고 하는 건, 영화 관람 그 이상의 의미가 있어."

엄마는 한숨을 푹 내쉬었다. 사실 나는 그 말을 듣는 것이 두려웠다. 갑자기 패닉 상태가 되었다. 엄마가 앉아 있는 의자 윗부분을 손으로 두 번 쓰다듬었다.

"친구를 사귀지 말라는 게 아니야. 하지만 너무 급한 것 같지 않니? 한 번도 그 친구 이야기를 집에서 한 적이 없는데 갑자기⋯⋯. 모르겠다. 서로를 좀 더 알게 된 뒤에 영화를 같이 보자고 하는 편이 낫지 않았을까?"

브루노에게 그렇게 대답할 수는 없었다. 엄마도 뻔히 알고 있으면서.

"이미 영화를 보러 가기로 약속했어요."

"집에 와서 생각이 바뀌었으니까 다음에 같이 보자고 해도 아무 일 없을 거야. 걔도 이해해 줄걸."

"그럼요, 내가 자기한테 관심이 없다고 생각하고서 다시는 아무 말도 건네지 않겠죠. 엄마도 잘 알잖아요?"

엄마는 어깨를 으쓱했다.

"내 의견은 하나도 듣지 않으면서 뭐 하러 물어본 거니?"

"그러게 말이에요."

나는 재빨리 방에 들어와 콕 틀어박혔다. 브루노도, 영화도, 그 모든 바보 같은 생각도 더 이상 하고 싶지 않았다. 하지만 다른 일에도 집중하지 못했다. 금요일이 올 때까지 계속 그럴 것이다, 집요하게. 주위 사람들을 미치게 만들 때까지……

아, 해결책이 하나 있었다. 주사위! 나는 책상 서랍을 열어서 주사위를 꺼냈다. 하얀 점이 박혀 있는 빨간색 주사위로, 두 개가 똑같이 생겼다. 손에 들고만 있어도 마음이 편안해졌다.

나는 결정하는 게 어려울 때면 주사위를 자주 사용했다. 짝수가 나오면 이렇게, 홀수가 나오면 저렇게 하기로 미리 정해 놓고서. 무척 예민해져 있을 때는 하루에 스무 번도 넘게 주사위를 던지기도 했다. 어떤 바지를 입을지 고르기 위해서, 어떤 과목부터 공부할지 정하기 위해서, 어떤 과일을 먹을지 선택하기 위해서…… 쉼없이 주사위를 던졌다.

'짝수가 나오면 브루노와 함께 영화를 보러 가는 거야. 홀수가 나오면 안 가고…….'

침대 위에서 주사위를 던지려는 순간, 방문을 부드럽게 두드리는 소리가 들렸다. 아빠였다. 아빠는 문을 살며시 열고 방 안으로 들어와 내 앞에 다가와 섰다. 불을 켜지 않아서 방 안이 무척 어두

왔다. 거리의 가로등 불빛이 창문으로 비쳐 들어와 어룽거렸다.

"엄마한테 얘기 들었어. 가지 않는 쪽으로 너를 설득하라더라."

"하고 싶은 대로 하라고 해 놓고선……."

"널 걱정해서 그러는 거 알잖아."

아빠가 내 손바닥 위의 주사위를 힐끔 보더니 물었다.

"금요일 약속 때문에 들고 있는 거야?"

"네, 어떻게 해야 할지 몰라서요."

아빠가 옆에 앉더니 내 손을 잡아 부드럽게 주사위를 빼냈다. 내가 기억하는 한, 이전에는 단 한 번도 그런 적이 없었다. 이윽고 아주 조그만 목소리로 말했다.

"영화 보러 가."

"왜요?"

"네가 가고 싶어 하니까. 그리고 나도 네가 영화를 보러 갔으면 좋겠어."

두근두근 첫 데이트

브루노

나는 아마도 세상에서 가장 운이 좋은 사람일 것이다. 아르웬과 사귀게 되었으니까! 맙소사, 내가 아라곤(《반지의 제왕》에 나오는 왕)이 된 것처럼 느껴질 정도였다. 물론 아나가 아르웬은 아니지만. 그리고 우리가 아직 사귀는 건지 아닌지도 잘 모르겠지만.

어쨌거나 우리는 함께 영화관에 갔다. 영화를 보고 나오는 길에 쇼핑몰에서 햄버거를 먹었다. 아나는 햄버거를 별로 좋아하지 않는 것 같았지만, 피자를 사기엔 돈이 좀 부족했다. 아나가 다음번에는 자기가 밥을 사겠다고 했다. 나는 고개를 흔들며 반반씩 내자고 말했다. 그러니까 다음번이 있다는 게 확실해졌다. 아나가 그렇게 말했으니까! 아주 좋은 신호였다.

나는 지금 아나와 잘 지내고 싶다는 생각밖에 없었다. 여자아이에게 이런 느낌을 갖는 건 처음이었다. 작년 학기말에 클라라와 썸을 잠깐 타긴 했지만 단지 그뿐이었다. 클라라와 막상 사귀려고 생각하자, 매일 똑같은 공부를 하는 듯한 지루한 일상이 떠올라서 썩 내키지가 않았다.

그런데 아나는 달랐다. 모든 것이 신비롭고 경이로운 느낌이었다. 반 아이들은 아나가 무척 이상하다고 생각했다. 화법이 좀 특이하긴 했다. 때때로 어떤 단어를 여러 번 반복해서 말했다. 그냥 지나치지 못하고 일부러 확인하는 듯이. 방금 한 이야기를 못 들은 척하면서 다시 물어보기도 했다. 귀가 좀 어두운 걸까? 모르겠다.

어쨌든 아나는 고대 이집트처럼 자기가 특별히 좋아하는 이야기를 할 때면, 마치 그 속으로 빨려 들어갈 듯이 생동감 넘치게 이야기를 잘했다. 그런 면이 나를 사로잡은 것 같았다. 수천 년 전에 살았던 사람들에게 그토록 열광할 수 있다는 사실이 놀라웠다.

한편으로는 이해가 되기도 했다. 나 역시 《반지의 제왕》을 읽으면서 비슷한 경험을 했기 때문이다. 어떤 비평가의 말처럼, 그 작품은 '위대한 대서사시' 그 이상이었다. 그건 끝나지 않는 거대한 세계였다.

여덟 살인가 아홉 살 때 《반지의 제왕》 시리즈의 영화 세 편을 보고서는 '중간계'라는 설정에 푹 빠져 버렸다. 하지만 나는 아나처럼 내가 느낀 것들을 조리 있게 설명하지 못했다. 어휘력이 부족하기도 했지만, 무엇보다 그런 이야기를 입 밖으로 꺼낼 용기가 없었다.

하지만 아나에게는 말할 수 있었다. 그 애가 나를 누구보다 잘 이해해 줄 거라는 확신이 있었으니까. 내 예상대로 아나는 아무런 편견 없이 내 취향을 받아들였다. 그리고 《반지의 제왕》에 관한 책이나 영화를 아직 보지 않았다고 했다. 얼마나 운이 좋은지!

《반지의 제왕》을 처음 읽었던 순간으로 다시 돌아갈 수 있다면 좋을 텐데……. 나는 아나에게 좋아하는 장면들을 몇 가지 이야기해 주었다. 그러면서 아나가 그 책을 읽으며 무엇을 느낄지 상상해 보았다. 아라곤이나 간달프의 말이 떠오를 때면 지금도 눈에 눈물이 가득 고였다.

내가 책을 빌려주겠다고 했지만, 아나는 직접 사서 보고 싶다고 했다. 내 호의가 부담스러웠던 걸까? 잘 모르겠다. 월요일에 학교에 가서 다시 이야기해 봐야지. 그나저나 이제부터 교실에서 어떻게 행동해야 할까? 비밀로 해야 하나? 아니면 아무렇지 않게 이야기를 나누는 게 좋을까?

사실 영화를 보고 밥을 먹었을 뿐 아무 일도 없었다. 어쩌면 아나가 나를 바보라고 생각할지도 모르겠다. 그러나 내 마음을 밀어붙이면서 아나에게 강요하고 싶지는 않았다. 그 애는 좀 소극적인 성격인 것 같으니까. 지금은 그저 내가 아나의 마음에 들기를 바랄 뿐이었다.

또 다른 나

아나

역시 이렇게 될 줄 알았다. 나는 언제나처럼 필사적으로 노력했지만 솟구치는 불안감 때문에 단어에 대한 집착을 통제할 수가 없었다. 결국 바보 같은 질문을 퍼부어 브루노가 엄마 이름뿐만 아니라 《반지의 제왕》 책 이름도 몇 번이나 되풀이해서 말하게끔 만들었다. 심지어 영화관 밖으로 나온 뒤에는 있지도 않은 손수건을 찾아야 한다는 핑계를 대면서 영화관 안에 다시 들어갔다 나오기까지 했다.

브루노는 나에게 뭔가 문제가 있다는 사실을 알아차렸을 것이다. 너무 예의 바른 성격이어서 단지 내색하지 않았을 뿐……. 차라리 질문을 하거나 내 바보 같은 짓을 보고 웃기라도 했다면 더 나았을 텐데. 그냥 모르는 척했다. 아무 일도 없었다는 듯이, 모든 게 정상적으로 돌아간다는 듯이. 내가 모르는 척하는 것처럼 말이다.

그 애의 말투나 표정에서 기분이 상할 만한 뭔가가 있어서 실망을 했더라면 훨씬 더 쉬웠을 것이다. 하지만 모든 것이 정반대였다. 브루노는 정말 멋졌다. 수줍어하는가 싶으면 꼭 필요한 만큼 대담했고, 재치 있으면서도 정도를 지나치는 법이 없었다. 그리고 적당히 잘생겼다. 그 애와 함께 있으면 다른 모든 것들을 잊어버렸다. 내 인생을 망가뜨린 그 말도 안 되는 강박증조차도.

엄마 말이 맞았다. 그냥 집에 있는 것이 나을 뻔했다. 그랬다면 그 애와 함께 보낸 금요일과 같은 날이 다시는 오지 않을 거라는 사실에 이렇게 마음이 아프지는 않을 테니까. 게다가 여기까지 왔으니, 이제 그 고통은 나뿐만 아니라 부모님까지 괴롭힐 것이다.

나는 주말 내내 이성을 잃고 공황 상태에 빠진 채 숨을 헐떡이며 창문을 있는 대로 다 열어젖혔다. 이리 뛰고 저리 뛰기 시작하자, 엄마 아빠가 놀라서 넋을 놓고 나를 바라보았다. 마치 내가 자신들의 딸이 아니기라도 하다는 듯이, 정신 나간 역겨운 영혼이 딸을 사로잡고 있기라도 하다는 듯이 매우 낯선 얼굴로.

하지만 그 모습 또한 나다. 그 통제할 수 없는 괴물이, 온 사방에서 공격받고 있다고 느끼는 그 겁에 질린 야생 동물이 바로 나인 거다.

오늘은 도저히 학교에 가고 싶지 않았다. 브루노를 볼 자신이 없었다. 그 애가 주말 내내 전화를 했지만 한 번도 받지 않았다. 이제 더 이상 전화도 하지 않겠지. 일부러 배터리가 나가도록 충전을 하지 않았다.

그래도 내일은 학교에 가야 할 것이다. 내가 집에 틀어박혀 있는 시간이 길어질수록 부모님이 더 힘들어하니까. 엄마 아빠는 너무 고통스러워지면 꼭 싸움을 벌이곤 했다. 언제나 나 때문이었다. 어제도 가히 기념비적인 말다툼이 있었다. 그 넌더리 나는 치료 이야기 때문이었다.

그때 우리는 부엌에서 저녁 식사를 하고 있었다. 아빠는 싱크대에 달린 작은 텔레비전으로 축구 중계를 보느라 정신이 팔려 있었다. 내가 좋아하는 감자튀김과 계란프라이가 있었지만 통 먹을 수가 없었다. 사실은 배가 하나도 고프지 않았다. 엄마가 먼저 말을 꺼냈다. 드디어 때가 된 것이다. 웬일인지 몇 달째 그 이야기가 나오지 않았으니까.

"아나, 계속 그렇게 살 필요 없는 거 알지? 해결책이 있다는 걸 너도 알잖니? 토레스 선생님이 벌써 몇 년째 이야기하고 계셔. 지난번에는 우리가 너무나 말을 듣지 않는다고 화를 내기까지 하셨는 걸."

토레스 선생님은 나를 진료하는 정신과 의사 중 한 명이었다. 나이가 지긋한 편인데 별로 친절하지 않았다, 적어도 나에게는. 첫 번째 진료 때부터 약을 처방하려고 했다. 아빠는 내가 약을 먹는 걸 반대했다. 엄마와 아빠의 생각이 다르기 때문에 그 이야기를 다시 꺼낸 것이다.

아빠는 토레스 선생님 이야기가 나오자마자, 텔레비전에서 눈을 떼고 엄마를 뚫어져라 바라보았다.

"그따위 것들로 아나를 치료할 수 없어. 당신도 잘 알잖아."

"적어도 더 정상적인 생활을 해 나갈 수는 있겠지. 지금 상황이 어떤지 한번 봐. 당신이 그 알지도 못하는 아이랑 영화를 보러 가라고 부추기는 바람에 일어난 일을 좀 보라고."

"브루노는 모르는 아이가 아니에요. 게다가 아무 잘못도 하지 않았고요."

나는 힘없는 목소리로 중얼거렸다.

"잘못을 했건 안 했건 마찬가지야. 네가 그렇게 고통스러워하는 걸 보고 싶지 않으니까. 참을 수가 없어. 더 이상은 못 참겠다고!"

엄마는 말을 할수록 점점 더 화가 나는 듯했다.

"루이사, 그건 아나 잘못이 아니잖아?"

아빠가 부드럽게 말하자, 엄마는 고개를 들어 아빠를 빤히 바라보았다. 이미 상처를 받아서 한없이 가라앉은 눈빛으로.

"아나의 잘못이 아니라는 건 우리 모두 알고 있어. 하지만 결국 이렇게 되리라는 걸 알면서도 그런 상황으로 몰고 간 건 아나야. 두 사람 모두 영화를 보러 가는 게 좋지 않다는 걸 알고 있었잖아. 그건 마치 고양이 털 알레르기가 있는 사람이 고양이를 기르는 것과 똑같은 일이야. 아나는 그걸 알면서도 영화를 보러 간 거라고. 그러니까 그건 아나 책임이야."

"나는 그저 아나가 또래 친구들이 느끼는 걸 똑같이 경험하길 바랐을 뿐이야. 그 어떤 것도 시작조차 하지 말란 소리야?"

아빠가 지친 듯한 말투로 묻자 엄마가 또다시 쏘아붙였다.

"결과를 보고도 그런 소리가 나와? 당신, 정말로 딸을 돕고 싶긴 한 거야?"

두 사람은 서로를 바라보지 않으려고 애쓰며 묵묵히 식사를 했다. 식탁 위에 끈적한 침묵이 내려앉았다.

"약을 먹어 볼게요."

내 말에 놀란 나머지, 아빠 눈이 휘둥그레졌다.

"항상 싫다고 했잖아. 부작용이 많은 약이야. 약 말고 다른 방법도 있어."

엄마가 아빠 말에 콧방귀를 끼면서 빈정댔다.

"그래, 노출 치료법이라는 것도 있지. 그게 아나를 위한 치료라는 거야? 그 치료가 어떤 건지 잘 알잖아. '죽음'이라는 단어에 두려움을 느끼고 맞서도록 하는 거. 그걸 두 번 이상 쓰거나 다른 사람에게 반복해서 말하게 해선 안 되고, 고통을 혼자 조절해야만 하지. 아나가 그걸 견딜 수 있을 거라고 생각해?"

"엄마……."

나는 엄마를 바라보며 애원하는 눈빛을 보냈다. 엄마는 내 눈빛이 무얼 의미하는지 금방 알아챘다. 아주 오래전부터 익숙한 일이었다.

"죽음, 죽음, 죽음."

엄마가 내 눈을 바라보며 반복해서 말했다.

"전문가들 말로는, 그 치료법이 꽤 효과가 있대."

아빠가 엄마 말을 무시하듯이 대꾸했다.

"그래, 옛날엔 전기 충격 요법도 효과가 좋았지. 사람들을 죄다 바보로 만들어 놓았지만 효과가 있기는 했어."

"그거랑은 달라. 뇌에 충격을 주는 게 아니라, 다른 방식으로 생각하는 데 익숙해지도록 유도하는 거야. 무척 힘든 일이라는 거 알아. 많은 나날을 고통 속에서 보내야 하고, 수없이 울고 소리치면서 '할 수 없다!'고 비명을 질러야 하겠지. 생각만 해도 벌써 힘들어. 그것보다는 매일 알약을 삼키는 편이 훨씬 더 쉽겠지."

"아빠, 이번에 처방받은 약은 그렇게 세지 않아요. 부작용도 많지 않댔어요."

내가 나지막이 중얼거리자 아빠가 물끄러미 바라보았다.

"지금까지 약을 거부했잖아. 정말 먹어 보고 싶은 거야?"

"그냥 한번 시도해 보고 싶어서요. 정상적이라는 느낌이 어떤 건지 궁금해요."

"그 아이 때문에?"

나는 아무 대답도 하지 않았다. 대답할 필요가 없었으니까.

식탁 위가 다시 조용해졌다. 아까보다는 조금 더 평온했다. 엄마가 애꿎은 감자튀김 접시에 화를 퍼붓지 않았기 때문이다.

잠시 후 아빠가 다시 입을 열었다.

"아나가 노출 치료를 먼저 한다면, 약을 먹는 것에 동의할게."

엄마가 더 이상 참지 못하고 폭발했다.

"당신은 우리에게 아들이 있다는 걸 기억하긴 해? 그 애가 집에 오지 않은 지 얼마나 된 줄 알아?"

"대학생은 부모 품을 벗어나서 집 밖에서 사는 편이 더 좋아. 루이사, 제발……. 그걸 아나 탓이라고 하지 마."

엄마의 두 눈에 눈물이 가득 차올랐다.

"아나 때문인 거 맞잖아! 스무 살짜리 애가 어떻게 이 지옥을 견딜 수 있겠어? 이 미친 사람들이 사는 집에 오고 싶겠냐고! 약을 먹으면 금방 좋아질 텐데……."

"루이사, 그만해. 아나가 힘들어하잖아."

"아니, 아나를 힘들게 하는 건 그 몹쓸 병이야. 언제나 모든 일의 중심이 되어 버리는……. 이 집에서는 아나의 강박증이 유일하게 중요하지."

상상과 현실 사이

브루노

내가 헛다리를 짚은 걸까? 아나와 좋은 시간을 보냈다고 믿었는데 아닌가 보다. 이야기를 좀 더 하고 싶어서 토요일에 아나에게 전화를 걸었지만 오래도록 받지 않았다.

그날 아나는 고고학자가 되고 싶다고 말했다. 나는 집에 오자마자 아빠에게 고고학에 대한 책을 추천해 달라고 했다. 아빠는 이 세상에서 책을 가장 많이 읽은 택시 기사니까. 지난 이십 년 동안 택시가 멈춘 시간조차 허투루 보내지 않고 꾸준히 책을 읽어 왔다. 그래서 무슨 책이든 물어보면 척척 대답해 주었다. 이미 읽은 책이거나 책 제목을 알고 있거나……, 무조건 둘 중 하나였다.

아빠는 잠시 생각에 잠기더니 곧 얼굴이 밝아졌다.

"《신들과 무덤들과 현인들》이라는 책이 있어. 몇 년 전에 고등학교 선생님이라던 승객이 추천해 준 거야. 도서관에서 빌려 읽었는데 정말로 멋진 책이었지. 그런데 웬일이야? 네 여자 친구가 고고학에 관심 있어?"

"여친 아니에요. 아직은요."

나는 씩 웃으며 대답했다. 그리고 곧 생각이 바뀌었다. 여친이라고 하면 안 될 이유가 있나? 여자아이들에 대해 잘은 모르지만, 아나가 나와 함께 있는 동안 일부러 즐거운 척하는 것 같지는 않았다. 오히려 행복해 보였다.

나처럼 조금 긴장해 있는 데다 실수할까 봐 두려운 나머지 우왕좌왕하기는 했지만. 내 기억에는 단 한 순간도 지루해하지 않았다. 아빠가 추천해 준 책 이야기를 하려고 했지만 아나는 끝내 전화를 받지 않았다. 일요일도 마찬가지였다. 점점 초조해지기 시작했다.

결국 월요일에 직접 만나서 이야기하기로 마음먹었다. 나를 더 이상 만나고 싶어 하지 않는 거라면 얼굴 표정만 봐도 알 수 있을 테니까. 하지만 아나는 학교에 나오지 않았다. 이제는 슬슬 걱정이 되었다. 아나에게 무슨 일이 생긴 거라면 어쩌지? 사고가 났을 수도 있고, 집에 무슨 일이 생겼을 수도 있으니까.

나는 도무지 아나 생각을 멈출 수가 없었다. 그래서 오후에는 도서관에 가서 아빠가 말한 책을 찾아 칠십 쪽 이상이나 읽었다. 우리가 만난 뒤로 내가 고고학에 관심을 갖게 되었다는 걸 아나가 알게 된다면 정말로 기뻐할 텐데.

이 모든 것이 아나 덕분이라는 걸 알게 된다 해도 상관없었다. 나쁠 게 뭐람? 현재로서는 나도 고고학자가 되고 싶을 정도였다. 우리의 미래를 상상해 보았다.

아나와 함께 지프차를 타고 태양이 이글거리는 사막을 가로지른다. 멀리 폐허가 된 사원이 바라보인다. 그곳에 새겨진 비문을 우리가 최초로 해독하는 거다.

솔직히 말하면 나는 수학자나 공학자가 되는 게 꿈이다. 고고학적인 발견을 하기 위해서는 수학이 반드시 필요하겠지? 수학은 이세상 모든 일에 널리 쓰이니까. 어쩌면 내가 수학적인 모델을 개발할지도 모른다. 누가 알겠는가? 침몰한 배에서 보물을 발견하게될지……. 그것 역시 고고학이다. 뭐, 잃어버린 왕조의 글자를 해독할 수 있는 소프트웨어를 개발할 수도 있다. 아직까지 해독하지못한 것들이 분명히 남아 있을 테니까. 그걸 찾아내야만 한다.

그러나 달콤한 꿈은 오래가지 않았다. 불현듯이 아나와 딱 하루만 데이트를 했을 뿐이고, 지금은 내 전화를 받지 않는다는 사실이 떠올랐던 것이다. 둘이서 팀을 이루어 역사에서 잊힌 문자를 해독하겠다는 생각은 너무 이른 계획이었다.

그렇지만 '꿈조차 꾸지 못하는 사람에게는 영광이 없다.' 그런 말도 있지 않나? 어디에서 본 얘긴지는 모르겠지만. 어쩌면 누군가 유튜브 같은 데 올려놓은 글인지도 모르겠다. 아니면 내가 만들어 냈든가……. 혹시 나에게 그럴듯한 문장을 만드는 탁월한 재능이 있는 건 아닐까? 어쨌든 아나 때문에 별생각을 다 하게 된다.

섣부른 고백

아나

나는 덜덜 떨면서 학교에 갔다. 아침 식사로 긴장을 푸는 데 좋은 허브차를 마셨지만 아무 소용이 없었다. 상상 이상으로 몸이 떨렸다. 수업 시작종이 울리기 이십 분 전쯤에 도착했는데, 교실에 들어가 보니 브루노가 벌써 와 있었다. 평소에 그렇게 일찍 오는 편이 아닌데, 오늘은 나보다 먼저 온 것이다. 나를 기다린 게 분명했다.

교실에는 우리 말고도 여자아이 두 명이 더 있었다. 휴대폰으로 시끄러운 영상을 보느라 정신이 팔려 있어서 나에게 눈길조차 주지 않았다. 브루노는 나를 똑바로 바라보며 특유의 미소를 지었다. 나도 모르게 얼굴이 붉어졌다. 어쩌면 저렇게 맑고 깨끗한 미소를 지을 수 있을까? 그렇게 생각하자 모든 게 더 어려워졌다.

나는 곧장 브루노에게 다가갔다. 그동안 전화를 받지 않은 이유를 설명해 주어야 했다. 분명하게 하고 싶었다. 간밤에 결심을 했다. 우리가 서로에게 상처를 주기 전에 끝내는 것이 최선이라고.

나와 함께 있는 것은 방사능 물질 가까이 있는 것과 같은 셈이니까. 처음에는 그 영향력을 잘 느끼지 못할 수도 있지만, 얼마 지나지 않아 방사능 물질 때문에 병이 들면서 상황이 최악으로 치달을 것이다. 오로지 시간문제일 뿐이었다.

브루노는 내 얼굴을 보고 뭔가 알아챈 눈치였다. 미소가 사라진 대신 표정이 진지해졌다. 그리고 두 눈에는 의문이 가득 담겨 있었다. 그 모습이 더 매력적으로 느껴졌다.

"무슨 일 있어? 뭔가 나쁜 이야기를 하려는 거지? 그렇지?"

브루노가 조심스럽게 물었다. 조금도 피하지 않고 곧장 문제로 파고드는 모습을 보자, 마음이 아프면서도 웃음이 설핏 나왔다.

"너 때문은 아니고……, 나에 관해 해 줄 이야기가 있어. 나중에 자세히 설명해 줄게."

그때 다니와 누리아가 교실로 들어왔다. 다니는 브루노에게 인사를 하려다가 나와 이야기를 나누고 있는 모습을 보고는 다짜고짜 인상을 찌푸렸다.

브루노가 다시 물었다.

"다시는 나랑 영화관이나 다른 데 가지 않겠다는 말을 하려는 건 아니지?"

나는 주위를 둘러보았다. 아이들은 짐짓 무심한 척하고 있었지만, 우리의 이야기에 바짝 귀를 기울였다. 아이들이 계속해서 교실로 들어왔다. 이런 상황에서 이야기를 나누는 건 불가능했다.

"그런 거 아니야."

나는 속삭이듯이 말했다.

"좀 복잡해. 이따 점심시간에 이야기할까? 운동장 뒤에 있는 공원이 조용하고 괜찮던데, 어때?"

"좋아, 점심시간에 이야기해."

잠시 후 수업 시작종이 울리자, 국어 담당인 테레 선생님이 들어왔다. 선생님이 준비해 온 시청각 자료를 보는 동안, 나는 공책에다가 브루노의 이름을 반복해서 써 내려갔다. 정확히 두 번씩, 세로로 계속 써 나갔다. 나중에는 빈 공간이 거의 남지 않아서 흰 부분을 애써 찾아가면서 써야 했다. 공책이 새까만 글씨로 죄다 덮일 때까지…….

옆자리에 앉은 네레아가 그 모습을 잠자코 지켜보았다. 제비뽑기로 짝이 되었을 뿐이어서 거의 서로 말을 섞지 않았다. 네레아는 쉬는 시간마다 자리를 박차고 일어나 다른 무리의 아이들에게 다가갔다. 대부분은 네레아를 무시했다. 하지만 그 애는 혼자서 바보처럼 보이지 않으려고 일부러 더 달라붙었다. 그나마 작년에 이어 이 년째 같은 반인 데다 옆자리에 앉았다는 이유로 다른 아이들보다는 약간의 신뢰가 쌓여 있었다.

네레아가 조그만 목소리로 물었다.

"아나, 괜찮아? 저번에 네가 종이 한 장 가득 낙서를 했을 때 바로 그 천식 발작이 왔잖아."

사실 그날의 발작은 역사 시간에 나치의 강제 수용소 이야기를 듣고 공포에 질려서 일으킨 것이었다. 나는 고개를 살짝 저었다.

"아니, 이번에는 그런 거 아니야. 그때랑은 달라."

수업 시간은 영원처럼 길게 느껴졌다. 네레아가 그 끔찍했던 발작을 떠오르게 하는 바람에 나치의 강제 수용소 이름이 머릿속을 가득 채워 버렸다. 아우슈비츠, 아우슈비츠, 트레블링카, 트레블링카, 마트하우젠, 마트하우젠……

언젠가 인터넷 사이트에서 강박증과 관련 있는 글을 읽은 적이 있었다. 그것은 마치 갈고리와 같아서 실제로 걱정하고 있는 것과 마주하지 않도록 정신을 꽉 붙잡고 있는 거라나? 그럴지도 모른다. 하지만 왜 나의 뇌는 어두운 단어를 붙잡고 있어야만 하는 걸까? 별이나 나무 이름 같은 것을 반복하면서 정신을 딴 데로 돌릴 수는 없는 걸까?

그 사이트에는 이러한 이론을 뒷받침하는 설명도 있었다. 끔찍하고 거슬리는 생각을 떠올려야 다른 생각이 끼어들 공간이 적어진다는 거였다. 어쩌면 내 뇌는 물뿌리개 같은 상태인지도 모른다. 그래도 확실히 효과는 있었다. 브루노 생각을 하지 않게 되었으니까. 수업 내용 역시 머릿속에 하나도 들어오지 않았다. 그런데도 선생님 설명에 관심이 있는 것처럼 보이려고 애쓰느라 완전히 지쳐 버렸다.

드디어 점심시간이 되었다. 나는 브루노와 함께 운동장 뒤편의 공원으로 갔다. 걸어가는 동안, 한마디도 나누지 않았다. 공원에 도착한 뒤, 짙푸른 나뭇잎들이 무성한 나무 아래에 자리를 잡아 앉았다. 브루노가 그 나무를 가리키며 주목이라고 했다.

나뭇잎들 사이에 반쯤 숨어서 열려 있는 빨간 열매가 보였다. 내가 열매를 따려고 손을 뻗자, 브루노가 내 손목을 붙잡아 힘껏 당겼다.

"독이 있어. 만지지 마."

브루노는 웃음기 하나 없는 얼굴로 나를 바라보았다. 어른스러워 보이면서도, 어딘지 모르게 상처를 받은 것처럼 느껴졌다.

"그러니까 나랑 사귀고 싶지 않은 거야?"

브루노의 목소리 끝이 갈라졌다.

"그런 게 아니야. 더구나 우린 사귀고 있는 것도 아니잖아. 우리, 사귄 거야?"

"나도 잘 모르겠어. 너한테 달려 있는 것 같은데?"

"그러니까 그 말은…… 너는 나랑 사귀고 싶었던 거야?"

"물론이지."

브루노가 진지하게 대답했다.

나는 그 애의 시선을 감당할 수가 없어서 내 운동화 끝을 바라보았다. 우리는 잠시 아무 말 없이 그대로 앉아 있었다.

브루노가 다시 입을 열었다.

"뭐가 뭔지 잘 모르겠다는 네 마음도 이해해. 우린 아직 서로에 대해서 잘 모르고, 지난번에 영화를 보고 대화를 나눈 게 전부니까……. 하지만 그때 좋았잖아. 안 그래? 그냥 나한테 기회를 한 번 더 줬으면 좋겠어. 혹시라도 내가 마음에 들지 않는다면 적어도 친구는 될 수 있잖아. 그러다가 내가 좋아진다면 더 좋고……. 그러면 너도 나랑 같은 마음이 되는 거니까. 난 네가 좋거든."

"나도 네가 좋아."

나도 모르게 그렇게 말해 버렸다. 말하는 순간까지도 내가 그런 말을 하게 되리라는 걸 알아차리지 못했다. 브루노에게 그런 감정을 갖는 걸 막으려 했던 내 뇌의 전략은 아무 소용이 없었다.

브루노의 눈이 반짝 빛나더니, 어린아이 같은 미소가 얼굴 가득 떠올랐다. 그 순간, 그 애에게 모든 것을 말해야만 한다는 사실을 깨달았다.

"그럼, 우리 이제 아무 문제 없는 거지?"

브루노가 뚫어져라 바라보며 내 손을 덥석 잡았다.

"아니, 문제가 있어. 바로 나한테."

나는 겨우 다시 입을 열었다.

"너한테 꼭 해야 할 말이 있어. 하지만 지금은 어려워. 길고 복잡한 이야기야. 오늘 오후에 쇼핑몰에서 만나 이야기하는 거 어때?"

"아주 좋지!"

브루노가 행복한 얼굴로 고개를 끄덕이며 재빨리 대답했다. 하지만 나는 머릿속이 텅 빈 것처럼 아무 생각도 떠오르지 않았다. 맙소사! 그 얘기를 어떻게 꺼내야 할까?

위태로운 만남

브루노

다행히 문제가 잘 해결된 것 같았다. 처음에는 아나가 무척 불편해 보여서 걱정스러웠지만. 나에게 해야 할 이야기라는 게 대체 뭘까? 어쩌면 나를 다시 만나기 위한 구실일 뿐인지도 모른다. 내가 그 애를 만나기 위해 핑곗거리를 만들었던 것처럼. 나는 언제 어느 때건 그 애를 만날 준비가 되어 있었다.

아나와 함께 있으면 시간 가는 줄을 모르겠다. 참 이상했다. 그 애와 함께 있는 게 편안하지는 않은데. 오히려 깊은 연못가의 절벽 위에 다리를 걸쳐 놓고 앉아 있는 것마냥 조금이라도 움직이면 균형을 잃고 아래로 떨어질 것 같은 위태로운 느낌이 들었다. 그런데 이상한 건 두렵기보다는 흥분된다는 사실이었다.

쇼핑몰에서 다시 만났을 때 우리는 안절부절못했다. 아나는 산책을 하자고 했고, 나는 아이스크림을 먹자고 했다. 그 애가 무슨 말을 할지 몰라서 긴장이 되었다. 아이스크림을 먹는 동안에는 누구라도 나쁜 소식을 전하거나 무서운 이야기를 할 수 없겠지. 그런 생각이 들어서 일부러 그러자고 한 거였다.

내 예상이 적중했다. 세 가지 맛의 아이스크림과 막대 과자, 파인애플이 들어 있는 스페셜 파르페 안에 숟가락을 집어 넣자마자 아나의 표정이 한결 편안해졌다. 역시 아이스크림은 사물을 조금 다른 방식으로 바라볼 수 있게 해 주었다. 그걸 사느라 무일푼이 되었지만 별로 중요한 문제는 아니었다.

나는 바로 다음 단계로 넘어가기로 했다. 휴대폰으로 지도 앱을 켰다. 아나는 뭔지도 모른 채 지도를 가만히 바라보았다.

"이게 뭐야?"

"베를린에 있는 박물관 섬. 봐, 여기가 페르가모 박물관이고, 그 옆은 노이에스 박물관이야. 바로 네페르티티가 있는 곳이지."

아나가 고개를 번쩍 들어 나를 바라보았다.

"그걸 조사하고 있었던 거야?"

"응, 네페르티티 흉상은 1912년 12월 6일에 이집트의 텔 엘 아마르나에서 발굴됐어. 발굴 팀장은 루드비히 보르하르트라는 독일인으로 정말 운이 좋은 사람이지. 왕비의 흉상을 발굴하고 나서 어떤 표정을 지었을지 상상해 봤어? 수천 년 동안 흙과 먼지에 뒤덮여 있었겠지만, 진짜 보석을 발견했다는 사실은 알아차렸을 거야. 하도 감격해서 너라면 눈물을 펑펑 흘렸을걸?"

"너도 그렇게 생각해?"

아나가 두 눈을 반짝이며 물었다.

"물론이지. 네 발표를 듣기 전까지는 그 왕비에 대해 전혀 몰랐어. 진짜 눈앞에서 본다면 기가 막힐 거야. 왕비의 이름이 무슨 뜻인지 알아? '아름다운 여인이 왔다'라는 의미래."

"브루노, 너 네페르티티 전문가가 다 되었구나. 네페르티티 말이야."

아나가 어떤 단어를 강조하는 것처럼 두 번씩 반복하는 것이 흥미롭게 느껴졌다. 그런 식으로 말하는 사람을 이제껏 한 번도 본 적이 없었으니까.

"그것뿐만이 아니야. 제2차 세계 대전 때 노이에스 박물관이 폭격으로 무너졌는데, 네페르티티 흉상은 망가지지 않도록 몰래 숨겨 놓았다는 거 알아? 덕분에 그 처참한 상황 속에서도 네페르티티가 무사했던 거야!"

아나는 갑자기 얼굴이 창백해지더니 조그맣게 중얼거렸다.

"아우슈비츠, 아우슈비츠."

나치 이야기를 꺼낸 건 그리 좋은 생각이 아니었다. 아나가 무척 예민해졌기 때문이다. 당시의 잔인한 일들이 떠올라 슬퍼하는 것 같았다.

"그런데 진짜 중요한 이야기를 아직 안 했어."

나는 분위기를 바꾸기 위해 다급하게 말문을 열었다.

"2007년에 네페르티티 흉상을 컴퓨터로 단층 촬영했더니, 얼굴 아래에 다른 윤곽선의 얼굴이 또 있더라는 거야. 알고 있었어?"

"아니, 몰랐어."

아나는 무척 놀란 것 같았다. 나는 앞으로 할 이야기들을 떠올리면서 아이스크림을 스푼으로 천천히 떠먹었다.

"아나, 베를린에 가서 실제로 네페르티티 흉상을 보면 정말 좋을 거 같지 않아?"

"진짜 좋겠지."

아나는 조금 슬픈 듯한 눈빛으로 나를 바라보더니 조그맣게 대답했다. 나는 용기를 내서 또 말을 꺼냈다.

"그래서 말인데, 나한테 기가 막힌 생각이 하나 있어. 우리가 수학여행을 베를린으로 가면 어떨 것 같아? 아이들을 설득하는 건 그리 어렵지 않을 거야. 생각해 봐. 일주일 동안 베를린에 머물면서 네페르티티를 만나는 거 말이야!"

"부모님이 허락하시지 않을 거야."

"왜? 여행 경비는 어떻게든 마련할 수 있을 거야."

"돈 때문이 아니야."

아나가 다 녹아서 액체가 된 아이스크림을 스푼으로 휘저으면서 말을 이었다.

"우리 부모님은 내가 여행 가는 걸 안 좋아하서. 위험하다고 생각하시거든."

"이건 학교에서 단체로 가는 여행이잖아. 나한테 맡겨. 아직 설득할 시간이 충분해. 일단 아이들에게 베를린이 다른 곳보다 더 좋은 여행지라는 걸 납득시켜야 해."

"그건 네가 나서는 게 좋겠다. 친구들을 설득하는 건 나보다 네가 훨씬 나을 테니까. 내 말은 아무도 듣지 않을 거야."

아나가 슬쩍 웃으며 말했다.

"좋아, 그럼 이렇게 하자. 내가 반 친구들을 설득할 테니까 너는 부모님을 설득하는 거야. 어때?"

"알았어. 해 볼게."

아나는 컵에 남은 아이스크림을 멍하니 바라보며 고개를 끄덕였다.

시도해 볼 권리

아나

"아나, 뭐라고? 다시 말해 봐. 내가 잘못 들은 거지?"

엄마가 다짜고짜 이맛살을 찌푸리며 다그쳤다.

"토요일에 그 아이네 집에서 온종일 영화를 보겠다고?"

나는 말할 기회를 찾다가 저녁을 먹을 때에야 가까스로 말을 꺼냈다. 언제 얘기를 꺼내더라도 엄마가 좋아하지 않으리라는 걸 잘 알고 있었다.

"《반지의 제왕》 시리즈 세 편을 볼 거예요."

나는 계란말이가 담긴 접시를 뚫어져라 바라보았다. 내가 말을 꺼낸 직후부터 찬물을 끼얹은 듯 식탁 분위기가 조용하게 가라앉았다. 침묵 속에서 냉장고 소리만 시끄럽게 윙윙댔다.

"그 친구네 부모님은 뭐라고 하셨니?"

아빠가 침착한 목소리로 물었다.

"글쎄요. 브루노네 부모님은 직장 동료 모임에 갔다가 저녁 늦게야 오실 거예요. 우린 브루노 여동생이랑 집에 같이 있을 계획이고요."

다시 침묵이 찾아왔다. 엄마는 컵에 든 물을 단숨에 마시고는 손을 떨며 다시 한 잔을 더 따라 벌컥벌컥 들이켰다. 아빠와 나는 마음을 졸이며 엄마를 바라보았다.

"아나, 아직 너무 이르지 않니? 네가 무슨 말을 하고 있는지 한번 생각해 봐. 네 증상에 대해 전혀 모르는 아이의 집에서 하루 종일 지낸다니. 그것도 어른이 없는 집에서 말이야. 그러다가 발작이라도 일어나면 어쩌려고 그래? 갑자기 아프면 어떻게 할 건데?"

"여보, 언제든지 우리에게 전화를 할 수 있어."

아빠가 엄마를 진정시키려는 듯이 차분하게 말했다.

"엄마, 지금 발작이라고 했어요? 발작이라고요? 엄마는 마치 내가 미친 사람처럼 행동한다는 듯이 말하네요. 내가 칼을 휘둘러서 누구라도 죽일 것처럼."

나는 손가락 마디가 하얗게 질릴 정도로 주먹을 꽉 쥐었다.

"네 증세에서 등을 돌리고 눈을 가린 채 살고 싶거든 마음대로 해 봐. 하지만 그 전에 먼저 그게 맞는지부터 생각해. 그 아이에게 사실을 숨기는 게 옳은 일인지 생각해 보라고!"

아빠는 화가 나서 엄마의 말을 끊으며 날카롭게 소리쳤다.

"강박증보다는 아나가 우선이야. 아나에게도 자신의 삶을 꾸려 나갈 권리가 있어. 정신 의학 서적에 묘사되어 있는 게 아나의 전부가 아니라고. 어떻게 그걸 모를 수가 있어?"

엄마 눈에 눈물이 그렁그렁 맺혔다.

"아나가 자기 삶을 갖는 걸 내가 원하지 않는 것처럼 보여? 아나가 행복해지길 원하지 않는 것처럼 보이냐고! 이 세상에서 내가 그보다 더 간절하게 원하는 건 없어. 그래도 현실은 똑바로 직시해야지. 당신은 정말로 아나가 다른 아이들처럼 친구 집에 가서 아무 일 없이 하루를 보낼 수 있다고 생각해?"

아빠가 자리에서 벌떡 일어나 식탁 위에 냅킨을 던졌다.

"그럴 수 있다고 생각해. 아니, 적어도 시도해 볼 권리는 있다고 생각하지. 그리고 우리에게는 그걸 도와주어야 할 의무가 있어."

"내가 아나를 돕지 않는다고? 아나의 증세와 관련된 수많은 강연회와 상담에 따라다닌 사람이 누군데? 강박증에 대한 책들을 몽땅 읽은 사람은? 애가 정신을 잃고 방에서 무서워서 나오지도 못할 때 밖으로 데리고 나온 사람이 누구냐고!"

"당신 혼자 한 게 아니잖아."

아빠가 힘없이 중얼거렸다. 약속이나 한 듯이 두 사람이 서로를 마주 보았다. 슬프고 희망이 없는 공허한 눈빛으로.

"브루노에게 내일 이야기해 볼게요."

엄마는 내 말을 듣고는 한숨을 푹 내쉬었다.

"아니면 그냥 가든가."

나는 아무 대꾸 없이 엄마 눈을 바라보았다. 내가 말한 것을 반복하지도 않았고, 엄마의 시선을 피하지도 않았다. 아무 두려움도 없었다. 내 뜻대로 기어이 하고야 말겠다는 무언의 대답이었다.

짜릿한 첫 키스

브루노

《반지의 제왕》 시리즈를 마라톤하듯이 이어서 보는 것보다 좋은 게 딱 하나 더 있다. 결코 느껴 보지 못하리라고 생각했던 것들을 느끼게 해 주는 여자 친구와 함께 영화를 보는 일이었다. 그 여자 친구는 바로 아나였다.

아나가 그토록 특별하게 느껴질 줄은 정말로 예상하지 못했다. 나의 생각은 하루 온종일 아나의 주위를 맴돌고 있었다. 아나를 바라볼 때면 긴장해서 피부가 팽팽해졌다.

나는 감동적인 장면이 나올 때 그 애의 어깨를 슬쩍 감싸 안았다. 내가 똑같은 감정을 느끼며 옆에 있다는 사실을 일깨워 주고 싶었다. 아나는 조금 놀란 듯했지만 나를 밀어내지 않고 가만히 바라보았다.

나는 리모콘을 들어 정지 버튼을 눌렀다. 미리 계획했던 것은 아니었다. 그러고는 오래전에 영화에서 보고 외웠던 문장을 속삭이듯이 말했다. 그 말을 진짜로 입 밖에 꺼내게 될 줄이야……

"Elen sila lúmenn' omentielvo."

아나가 빙긋 웃었다. 그렇게 편하게 미소 짓는 건 처음 보았다. 마치 그 순간, 그 애에게는 이 세상에서 우리 말고 중요한 것이 아무것도 없는 듯이 보였다.

"무슨 뜻이야?"

"엘프어야. '우리가 만난 시간에 별 하나가 반짝인다.'라는 뜻이지."

조금 떨리면서도 쉰 듯한 내 목소리를 듣고, 아나는 내가 느끼는 감정을 비로소 알아차린 것 같았다. 두려움과 소망과 마법과 경배의 감정들이 뒤섞인 나의 마음을. 그런데 아나의 얼굴에서 이내 미소가 사라졌다. 그 애의 깊고 차분한 바닷빛 눈동자가 내 눈앞에 있었다. 나는 그 애의 눈 속으로 빨려 들어갈 것만 같았다. 우리는 곧 입을 맞추었다.

주말 내내 그 애 생각만 했다. 뭔가 돈으로 살 수 없는 유일하고

값진 선물을 하고 싶었다. 하늘의 별이나 달, 바다 위로 몰려오는 폭풍우, 혹은 잃어버린 왕국의 역사 같은 것들 말이다.

문득 베를린의 노이에스 박물관에 있는 네페르티티 흉상이 생각났다. 그토록 좋아하는 조각상을 아나에게 보여 준다면 잊지 못할 선물이 될 것이었다. 곰곰이 생각해 보니 가능할 것도 같았다. 아이들은 수학여행을 간다는 사실만 중요하게 여길 뿐 장소에는 별 관심이 없었다. 개중에는 이탈리아 여행 이야기를 하는 아이들도 있었지만, 대부분은 어디를 가도 새로울 게 없다며 그리 내켜 하지 않았다. 잘만 하면 베를린이 이상적인 여행지라는 걸 설득할 수 있을 듯했다. 역사가 깊은 곳이기도 하고, 무엇보다 다양한 문화를 접할 수 있는 대도시니까…….

먼저 소냐와 카를라, 그리고 네레아에게 전화를 걸었다. 삼 주 전만 해도 이런 일을 벌일 거라곤 상상조차 하지 못했다. 여자 친구를 위해서 다른 아이들에게 뭔가를 부탁하는 전화를 돌리게 될 거라고는.

다행히 예상대로 모두들 좋아했다. 베를린으로 수학여행을 가자는 제안을 하기 전에 먼저 자신들과 의견을 나누고 싶어 했다는 사실에 기뻐하는 것 같았다. 하나같이 입을 모아 베를린이 아주 최적의 장소인 것 같다고 하면서 다른 친구들에게도 이야기하겠다고 약속했다.

그러고 나서 다니에게 전화를 걸었다. 지난주 농구 연습 때 이후로 만나지 못해서 아직 아나 이야기를 하지 못했지만, 이미 어느 정도 눈치를 챈 듯이 보였다. 다니는 수학여행지로 베를린에 찬성 표를 던져 달라고 부탁하자 장난스럽게 말했다.

"난 어디를 가든 상관없지만, 하필이면 왜 베를린이야? 거기에다 뭐 놓고 온 거 있어?"

"모두를 만족시킬 수 있는 도시니까. 베를린 장벽도 있고, 박물관도 있고, 거리마다 구경할 것도 많아. 게다가 레고 랜드도 있어."

"레고 랜드라고?"

다니는 어릴 때부터 레고 덕후였다. 그 애 방의 책장에는 레고 스타워즈 시리즈 중 최고 난이도를 자랑하는 '죽음의 별'이 진열되어 있을 정도였다.

"작은 규모이긴 해도 아주 좋다던데? 그럼 너도 한 표 던지는 거지? 다른 친구들한테도 이야기 잘해 줘. 참, 베를린에는 비행기나 잠수함이 전시되어 있는 과학 기술 박물관도 있어. 너, 그런 거 좋아하잖아. 그리고 세계 최고의 동물원도 있다고."

"동물원 이야기는 빼 줘. 너무 어린애 같잖아. 물론 나야 직접 가서 보고 싶지만."

"그럼 너도 베를린으로 가는 거 찬성이라고 생각할게."

"어쨌든 친구를 위해서니까. 하지만 왜 이렇게까지 애를 쓰는지 나중에 꼭 이유를 말해 줘. 갑자기 독일에 관심을 갖는 게 영 수상쩍단 말이지."

나는 다니의 추궁하는 듯한 말에 짐짓 웃음으로 대답하고 지나쳤다.

별이 반짝이는 시간

아나

짝수에 대한 강박. 정확함에 대한 강박. 어떤 물건이 떨어지거나 정보가 지워지면 중요한 무언가를 잃어버리거나 잊어버릴 것 같다는 두려움. 일상적인 행동에 대한 결정 장애. 상처받는 걸 예방하기 위해서 어떤 사건이나 행동을 머릿속에서 반복적으로 떠올림. 과제를 하는 동안 숫자 세기. 짝수 또는 홀수 단위로 어떤 행동이나 단어를 반복함. 상처받지 않기 위해서 혹은 '위험하다'고 여겨지는 단어를 지우기 위해 문장을 반복함.

인터넷으로 강박증을 검색하면 이런 증상들이 나온다. 강박증은 자신의 의지와는 상관없이 어떤 생각이나 장면이 떠올라 불안해지고, 그 불안을 없애기 위해서 어떤 행동을 반복하는 증세이다. 내가 일상적으로 겪는 증상 중 일부만 추려 보았지만, 이게 전부는 아니다. 다른 증상들도 있다.

충동적으로 폭력적인 행동을 해서 자신이나 다른 사람을 해칠지도 모른다는 생각. 병균과 병에 대한 공포와 걱정. 전염을 예방하기 위해 손이나 신체의 다른 부위를 반복해서 씻는 행동. 어떤 행동을 여러 차례 반복함. 다른 사람들에게 특정 행동이나 문장을 반복하게 하는 행동. 하나의 과제를 확실하게 완료하고 이를 반복적으로 확인하는 행동. 어떤 문장을 여러 번 읽거나 쓰는 행동. 자신이 다치지 않았고, 다른 사람도 다치게 하지 않았다는 사실을 반복적으로 확인하는 행동. 어떤 물건을 반복적으로 만지는 행동.

이 목록은 내 삶의 축약판이다. 내가 겪고 있는 증상들이기 때문이다. 나에게는 사이트에 올라와 있지 않은 다른 증상들도 있다. 나는 목록을 만들어 놓고서 아침마다 어떤 옷을 입을지 제비를 뽑아 결정한다. 또 주머니에 주사위를 넣어 가지고 다니면서 등교할 때마다 이쪽 길로 갈지, 저쪽 길로 갈지를 결정한다.

브루노와 이야기를 나누기 전에 내 상태를 정확하게 파악하기 위해 증상 목록을 만들었다. 그 애에게 모든 것을 이야기할 생각이다. 강박증에 대해 전혀 모르는 사람에게 의사나 상담가가 설명해 주는 것처럼 정돈된 방식으로 이야기하고 싶었다.

하지만 다른 것들은 이야기할 수 없을 것이다. 터무니없고 우스꽝스럽지만 하지 않을 수 없는 행동들 같은 것 말이다. 그걸 하지 않으면 공황 상태에 빠져서 조절 능력을 잃고 주위 사람들을 놀라게 할 테니까. 그럴 때 내 뇌의 주인은 내가 아니다. 이미 그런 일을 여러 번 겪어서 잘 알고 있기 때문에 다시는 반복되지 않기만을 바랄 뿐이다.

그런 일이 되풀이되는 걸 막기 위해서는 문을 두 번씩 넘어가야 하고, 식사 전에는 손을 정확히 세 번 씻어야 하며, 어떤 단어들은 여러 번 반복해서 써야만 한다. 정신병원에 입원해야 할 정도로 미쳐 버린 것 같지만, 그런 행동을 하지 않을 수가 없다. 그것들은 매일 일어나는 몸짓이고 말이고 행동이다.

시간이 흐르면서 안 그런 척 숨기는 법을 배웠다. 내가 하는 반복적이고 강박적인 행동을 주변에서 알아차리지 못할 만큼 조심스럽게 하는 방법을. 아이들은 내가 좀 우스운 방식으로 이야기하는 버릇이 있거나 화장실에 너무 자주 간다고 생각할 뿐이다.

목록을 보다 보니 문득 슬퍼졌다. 두려움, 상처, 반복 행동이라는 단어들에 모든 것이 다 들어 있었다. 고통에 대한 두려움, 결코 작동하지 않을 쓸모없는 마법으로 고통을 막아 보려는 반복 행동, 언젠가는 죽게 될 가엾은 인간. 브루노가 이런 나를 이해할 수 있을까?

주말에는 구름 위에 내내 떠 있는 것 같은 시간을 보냈다. 브루노와 함께 《반지의 제왕》 시리즈 세 편을 연달아 보았다. 그리고 키스를 했다. 병원 앞을 지나치기라도 하면 곧장 몇 번이고 샤워를 해야만 하는 강박증 환자인 내가 브루노와 키스를 한 것이다. 그런 다음에도 병균을 떨쳐 내기 위해 샤워를 하러 화장실로 달려가지 않았다.

그 애가 엘프어로 속삭였다. 나중에 문장을 써 달라고 부탁해야겠다. 엘프어는 기억나지 않지만 번역해 준 뜻은 기억난다.

'우리가 만난 시간에 별 하나가 반짝인다.'

나는 그 말을 믿었다. 브루노의 사랑이라는 강력한 마법이 내 안으로 들어와서 날 치유해 주었으니까. 그 애의 눈에는 심오하면서도 길들여지지 않은 무언가가 담겨 있었다. 이전에는 한 번도 본 적이 없어서 어떻게 묘사해야 할지 모르는 그 무언가가.

혹시 내가 스스로를 속이고 있는 걸까? 브루노 덕분에 강박증이 치료되고 있다고 착각하는 건 아닌지……. 뭐, 그러지 말란 법도 없지 않은가? 어린이나 청소년 시절에 강박증을 앓다가 어떤 시점을 지나면서 괜찮아지는 사람들의 이야기를 읽은 적이 있었다. 물론 모두에게, 언제나 일어나는 일은 아니지만……

그러나 월요일이 되자마자 아무것도 변한 것이 없다는 사실을 깨달았다. 나는 결코 치료될 수 없는 병을 앓는 환자일 뿐이었다. 이 와중에 브루노는 날 위한 깜짝 선물을 준비했다. 일요일에 반 친구들에게 일일이 전화를 돌려서 수학여행지로 베를린이 가장 좋다며 설득한 것이었다.

놀랍게도 그 애 뜻대로 상황이 흘러갔다. 회장이 쉬는 시간에 수학여행지 투표를 한다고 발표하자마자 고통스러워지기 시작했다. 나는 과학 시간 내내 공책에다 '베를린'이라는 단어를 빽빽하게 썼다 지웠다.

베를린이라는 단어가 몰고 올 위험을 어떻게 약화시켜야 할지, 그 이름을 가두거나 멀리 떼어 내거나 지워 버려야 할 것만 같았다. 결코 세상에 존재한 적이 없었던 것처럼.

그렇게 투표 시간이 다가왔다. 브루노는 수학여행지로 베를린을 추천하고, 엘레나는 이탈리아를 제안했다. 회장이 아이들의 의견을 칠판에 하나씩 적었다. 후보지 추천이 끝나고 투표가 막 시작되려는 순간, 나는 자리를 박차고 일어나 교실 문을 향해 달렸다.

"아나, 어디 가는 거야?"

"미안! 나 화장실에 좀……."

나는 회장의 말에 대답을 하는 둥 마는 둥 하고는 화장실로 급히 뛰어갔다. 세수를 정확히 세 번 한 뒤 주위를 둘러보았다. 화장실 안에 누가 있나 싶어서 귀를 기울였지만 아무 소리도 들리지 않았다. 문이 잠긴 곳도 없었다. 나는 베를린, 베를린, 베를린……, 그 단어를 열두 번 중얼거리면서 세수를 세 번 더 했다.

교실로 돌아오는 동안에도 계속 베를린을 중얼거렸다. 베를린으로 결정되기를 바란 건지, 아닌 건지는 나도 잘 모르겠다. 교실 안으로 들어서자, 몇몇 아이들이 호기심과 조롱이 뒤섞인 표정으로 나를 돌아보았다.

"아나, 투표 다 끝났어. 네 표와 상관없이 다섯 표 차이로 수학여행지는 베를린으로 결정됐어. 어차피 넌 별 관심 없겠지만."

회장이 큰 소리로 말하자 여기저기서 웃음소리가 터져 나왔다.

그때 브루노가 다가왔다. 그렇게 진지한 표정을, 그토록 실망한 표정을 여태껏 단 한 번도 본 적이 없었다.

"넌 잘 모르겠지만, 이번 일 때문에 나는 무척 힘들었어."

"너한테 부탁한 적 없어. 처음부터 네 생각이었잖아."

나는 본능적으로 방어적인 태도를 취했다.

"알아, 하지만 네가 좋아할 거라고 생각해서 추진한 거야."

"나는 갈 수 없을 거라고 이미 말했잖아."

브루노는 아무 대꾸 없이 나를 한참 동안 바라보았다. 아무래도 상처를 입은 것 같았다.

"그럴 만한 이유가 있어. 내가 할 이야기가 있다고 한 거 기억나? 오늘 말해도 될까?"

내가 변명하듯이 중얼거리자, 브루노는 조금 놀란 표정으로 고개를 끄덕였다. 그러고는 이내 장난스럽게 덧붙였다.

"여태 말 못 한 걸 보니 아주 큰일인가 보네?"

"그래, 무척 큰일이야."

브루노는 내가 그 어느 때보다도 진지하게 대답했다는 것을 알아차린 듯, 오전 내내 한 번도 웃지 않았다.

두려움에서 벗어나기

브루노

우리는 하교 후에 밤늦게까지 문을 여는 카페에서 다시 만났다. 아나는 주문도 하지 않고 다짜고짜 이야기부터 시작했다.

"나, 강박증을 앓고 있어."

"뭘 앓고 있다고?"

그런 병이 있다는 건 알고 있었지만 가까운 사람에게서 듣는 건 처음이었다. 아나는 가방의 지퍼를 열어 안을 뒤적거리더니 종이 한 장을 꺼내 읽기 시작했다. 강박증의 증상 목록이었다. 잠자코 듣고는 있었지만 실은 절반도 이해하지 못했다. 각각의 단어가 의미하는 바는 알았지만, 전체 문장의 의미는 머리에 제대로 들어오지 않았다.

여러 번 반복되는 단어만 겨우 알아들었다. 두려움, 상처, 반복 행동……. 그러니까 그건 내가 사랑하는 아르웬의 우아한 습관이 아니었다. 관심을 끌기 위한 행동인 양 특정 표현을 여러 차례 반복하는 것 말이다. 결국 일부러 그런 게 아니라 어쩔 수 없어서 한 행동이었던 셈이다.

나는 아나의 설명을 집중해서 들으려고 노력했다. 하지만 뜨겁게 타오르는 불꽃 한가운데 있는 것처럼 숨이 턱 막혔다. 내 눈앞에 있는 아나가 아주 멀리 떨어져 있는 것처럼 느껴졌다. 그 애가 하는 말이 엄청난 거리를 만들어서 우리 사이를 갈라놓는 것 같았다. 나는 더 이상 아무렇지 않은 척할 수가 없었다. 두려움으로 온몸이 타 들어가는 듯했기 때문이다.

아나의 이야기를 듣는 동안, 이전에는 전혀 알지 못했던 차갑고 악의적인 또 다른 내가 튀어나와 나를 비웃었다. 어쩌면 그렇듯 바보 같냐고 비웃으면서 눈이 먼 게 틀림없다고 조롱했다. 이런 증상이 있다는 걸 어떻게 미리 알아차리지 못한 걸까?

다니는 나에게 분명히 경고했다. 어딘가 단단히 이상하다고, 다른 친구들과 거리를 두는 데는 뭔가 분명히 이유가 있다고. 나는 그 말을 무시하고 싶었다. 그저 부당한 편견일 뿐이라고 생각했지만, 실제로는 전혀 그렇지가 않았다.

아나의 잘못이 아니라는 것쯤은 나도 안다. 그냥 병일 뿐이니까. 그러나 그건 그 애가 정상적인 생활을 할 수 없게 만든다. 만일 아나처럼 문을 여섯 번이나 들락날락하며 통과해야 하고, 죽음이나 네페르티티 같은 단어를 들을 때마다 몇 번씩 반복해서 말해야 한다면? 아무 일도 없다는 듯이 다른 사람들과 관계를 맺기가 무척 어려울 것이다. 그래서 아나는 처음부터 베를린에 갈 수 없을 거라고 말했던 건데, 차라리 그때 그 말을 귀담아들었더라면…….

나는 그런 큰일을 미리 귀띔해 주지 않은 걸로 아나를 은근슬쩍 비난했다. 아주 신중하게 단어를 골라서 조심스럽게……. 물론 옳지 못한 행동이라는 건 스스로도 알고 있었다. 내가 아나 입장이었더라도 똑같이 행동했을 거다. 아나는 이 사실을 알고 난 뒤에 내가 멀어지려고 할까 봐 두려워하겠지. 그 마음, 충분히 이해한다.

하지만 비겁한 내가 무엇을 할 수 있을까? 나는 멋대로 아나를 이상화했다. 내 머릿속의 그 애는 실존하지 않는 인물이었다. 사랑에 빠졌을 때 흔히 일어나는 일이었다. 하지만 현실과 직면했을 때 누구나 이토록 심한 충격을 받지는 않는다. 현실과 이상이 달라도 보통은 감당할 수 있는 수준이니까.

아나는 나에게 어떻게 용서를 구해야 할지 몰라 힘겨워했다. 이 상황을 벗어날 수 있는 방법에 골몰하는 동안, 그 애가 애쓰는 모습을 말없이 바라보는 것은 매우 잔인하고 끔찍한 일이었다.

나는 동정심을 느끼는 척하면서 그 애의 이야기에 귀를 기울이는 시늉을 했다. 아나에게 대놓고 상처를 주고 싶지 않았다. 그 애는 나에게 솔직하게 이야기를 하는 것만으로도 충분히 고통받고 있으니까. 그렇게 평생을 살아가야 한다는 건 나로서는 상상조차 할 수 없는 일이었다.

일단 아나를 진정시키기 위해 이것저것 물어보았다. 언제부터 아팠는지, 약을 먹고 있는지, 어떤 치료를 받는지, 정신과 의사에게 가는지, 유전적인 요인이 있는지, 언제쯤 완치될 수 있는지 등…….

대답은 아주 간결했다. 초등학교를 졸업할 무렵에 진단을 받았지만 증상은 훨씬 더 이전부터 있었다. 가족 중에 같은 병을 앓고 있는 사람이 없어서 유전적인 요인이 있는지는 알지 못한다고 했다.

가끔 정신과에 치료를 받으러 가긴 했지만, 더 괴롭기만 해서 작년에 일주일에 세 번씩 가던 걸 올해부터는 아예 그만두었다나. 약은 먹지 않는다고 했다.

하지만 가장 묻고 싶었던 질문은 차마 입 밖으로 꺼낼 수가 없었다. 어떻게 그런 말도 안 되는 병을 앓으면서도 삶을 이어 나갈 수 있느냐는 질문 말이다.

나는 아나에게 동정심을 느낀다는 사실이 부끄러웠다. 이틀 전에 함께 《반지의 제왕》을 볼 때만 해도 그 애 곁에서 어둠이 사물의 형태와 색깔을 모두 삼켜 버리는 일식과 같은 강렬한 느낌에 휩싸여 있었으니까. 이렇게 손바닥 뒤집듯 순식간에 마음이 바뀌어 버리다니!

"이제 내 병을 알았으니까 그만 만나고 싶다고 해도 돼. 누구라도 그럴 거야. 나는 정상적인 방식으로 남자 친구를 사귈 수가 없어. 이렇게 계속 만나는 건 결국 서로에게 상처만 줄 뿐이야."

나는 아나의 눈을 바라보았다. 말은 그렇게 했지만 그 애는 아직 희망을 갖고 있었다. 내가 강박증 따위는 전혀 중요하지 않다고, 여전히 좋아한다고, 앞으로도 계속 사귀고 싶다고 말해 주기를 원하고 있었다. 하지만 그렇게 말할 수가 없었다.

"생각할 시간이 필요해. 지금이라도 이야기해 줘서 고마워."

그저 이렇게밖에 말할 수가 없었다. 그리고 그 말은 끔찍하게도 작별 인사처럼 들렸다.

"필요한 만큼 충분히 시간을 갖고 생각해 봐."

아나는 슬픈 표정으로 대답하고는 서둘러 자리에서 일어났다.

집으로 돌아온 뒤 새벽 네 시까지 컴퓨터 앞에 앉아서 강박증에 대한 자료를 되는 대로 찾아 읽었다. 해외 사이트까지 뒤져서 영어로 된 정보까지 찾아보았다. 내용을 절반도 채 이해하지 못했지만 가능한 한 많은 자료를 모았다.

대략적인 건 아나가 이미 다 설명을 해 주었다. 기본적으로 강박증을 앓는 사람들은 자신의 강박을 통제할 수 없기 때문에 그 고통을 조절하도록 도와주는 터무니없는 행동을 할 수밖에 없다고 했다. 《이보다 더 좋을 순 없다》, 《글리》 등 강박증을 앓는 캐릭터가 나오는 영화나 드라마, 책들이 많이 있었다.

그중에서도 눈길을 끈 대목은 강박증을 앓는 사람들의 비율이었다. 성인 백 명 중 한 명이 이 병을 앓고 있었다. 그러니까 우리 모두 이 병을 앓는 누군가와 알고 지내고 있는 셈이다. 하지만 증상을 어느 정도는 감출 수 있기 때문에 가깝지 않은 사람들은 이 병이 얼마나 퍼져 있는지 알아차릴 수 없을 뿐이다.

이 말은 곧 아나가 혼자가 아니라는 뜻이기도 했다. 세상에는 아나와 같은 사람이 많았다. 그렇다고 해서 증상을 견디기가 쉬워지는 건 아니겠지만.

강박증의 원인은 아직 정확하게 밝혀지지 않았다. 유전적인 요인이 있는 사람도 있고, 그렇지 않은 경우도 있었다. 또 어린 시절의 트라우마 때문에 생겨나는 경우도 있으나 일반화할 수는 없다고 했다.

환자들의 수기를 읽을수록 더욱더 겁이 났다. 그들은 자신들의 강박적인 행동이 아무것도 해결하지 못한다는 사실을, 모든 것이 뇌의 속임수라는 사실을, 그 속임수에 굴복함으로써 일상생활이 불가능해지고 사랑하는 사람들을 고통에 빠지게 한다는 사실을 누구보다 잘 알고 있었다.

하지만 선택의 여지가 없었다. 어느 날 아침에 일어나서 '이제는 환자가 아닌 것처럼 행동하겠다'고 마음먹는다고 해서 고칠 수 있는 게 아니니까. 그렇게 간단한 문제가 아니었다.

전문가들의 도움을 받으며 엄청나게 노력해서 간신히 자신의 행동을 조절할 수 있게 된 사람들의 사례도 몇 가지 있었다. '노출 치료'라는 방법 덕분이라고 했는데, 이는 환자가 극도로 두려워하는 상황에 의도적으로 노출시킨 뒤 강박 행동을 막는 치료법이었다. 환자들은 처음에 죽을 듯이 괴로워하지만 시간이 지나면서 차차 치료가 되는 과정을 겪는 것 같았다.

자료를 읽는 내내 후회가 밀려들었다. 아나가 용기를 내어 고백했을 때 마음을 훅 닫지 말았어야 했는데, 더 질문을 했어야 했는데……. 아나는 틀림없이 나의 반응에 무척 실망했을 것이다. 심지어 그 애를 집에 데려다주지도 않았다. 어쩌면 그렇게 무심할 수가 있었을까? 상처를 입어서 어찌할 바 모르는 아나를 모른 척하고 내 감정만 생각했다. 얼떨결에 한 대 얻어맞기라도 한 듯이 정신을 차릴 수가 없었다.

아나는 집에 가서 어떻게 했을까? 지나간 흔적을 지우려고 얼굴을 여러 번 씻었을까? 아니면 내 이름을 몇 번이고 반복해서 말하거나 공책에다 쓰고 지우기를 계속했을까? 생각만 해도 소름이 오소소 돋았다. 그래도 나는 생각해야만 했다. 왜냐하면 그것이 아나가 처한 현실이고, 아나에게 관심이 있는 한 나도 모른 척할 수 없는 일이기 때문이었다.

어제까지만 해도 아나를 다시는 만나지 않겠다고 결심했다. 두려워서 그랬다. 하지만 두려움이 나를 이기도록 내버려 두고 싶지 않았다. 아나는 꿈도 환상도 아니었다. 살과 뼈를 가진 인간이었다. 내가 그 애를 좋아했던 것도 현실이었다. 그저 내가 알지 못했던 그 애의 일부분을 알게 된 것뿐이었다. 다 이해하기가 어려워도 받아들이려 노력해야 할 것 같았다.

나는 강박증에 대한 자료를 읽고 또 읽었다. 아나와 내가 직면한 상황이 어떤 것인지 정확하게 알고 싶었다.

오늘 아침, 아나는 학교에 결석했다. 어제 일을 생각하면 딱히 이상할 것도 없었다. 그래도 나는 그 애가 교실에 와 있기를 바랐다. 강박증에 굴복하지 않고 싸우려는 의지를 가지고서. 아나가 굳이 나에게 뭔가를 보여 줘야만 할 이유는 없지만…….

나는 어제 아나에게서 등을 돌렸다. 나에게 다가오지 말라는 말만 하지 않았다뿐이지 엄청나게 비겁한 행동을 했다. 그 생각을 하면 참을 수 없이 부끄러웠다.

그 애와 다시 이야기를 나누고 싶었다. 어제는 너무 충격을 받아서 아나가 자기 엄마에 대해 말할 때 충분히 귀를 기울이지 못했다. 아나 엄마는 언제나 그 애를 보호하려고 할 뿐, 우리가 사귀는 걸 탐탁지 않아 한다고 했다. 언젠가 내가 아나에게 상처를 줄 거라고 생각하기 때문이었다.

그리고 아나가 수학여행 가는 걸 결코 허락하지 않을 거라고도 했다. 아나는 엄마의 그런 면이 차라리 고맙다고 말했다. 여행을 가고 싶은지 아닌지, 또 계획을 세워야 할지 말지 고민하고 걱정할 필요가 없다면서.

물론 내가 강박증에 대한 전문가는 아니지만, 아나 엄마의 태도가 그 애에게 그리 좋을 것 같지는 않았다. 밤새 읽은 자료를 종합해 보면 환자를 보호하기만 해서는 문제를 해결할 수 없었다. 가장 힘든 두려움에 맞서 싸우도록 주위에서 도와주어야 했다.

물론 쉬운 일은 아니었다. 하지만 왜 아무도 아나가 그걸 시도하도록 도와주지 않는 걸까? 환자들도 지레 포기하고 가족들도 참아내지 못한다고는 하지만, 내가 아는 아나는 무척 강한 아이였다. 적어도 한 번쯤 시도는 해 봐야 하지 않을까?

이제는 아나가 나를 만나고 싶어 하지 않을 수도 있지만, 나는 어떤 식으로든 그 애를 돕고 싶었다. 그 애에게 전화를 걸기로 마음먹고도 휴대폰을 쥐고 오 분 넘게 망설였다. 가까스로 전화번호를 누르고 기다리는 동안, 심장 박동이 불규칙적으로 쿵쾅거렸다.

마침내 누군가가 전화를 받았다. 아나가 아니라 다른 여자의 목소리가 들려왔다.

"브루노구나. 맞지? 아나는 지금 전화를 받을 수가 없어."

"아나 어머니세요?"

"그래, 이렇게 전화까지 해 주었으니 아나가 하지 못한 말을 내가 대신 해야겠구나. 아나를 조금이라도 생각한다면, 그 애의 증상에 대해 이러쿵저러쿵 떠벌리고 다니지 않았으면 좋겠어. 쉽지는 않겠지만 아나가 받을 상처를 생각해 주길 바라. 그것만 좀 부탁할게."

"아무에게도 이야기하지 않을게요."

"그래, 그러면 네가 전화했다고 전해 줄게."

"아니, 잠깐 이야기를 좀 할 수 있을까요?"

잠시 동안 아무 말이 없던 아나 엄마가 다시 입을 열었다.

"아나하고 말이니? 브루노, 오늘은 날이 좋지 않구나. 미안해. 다음에 하는 게 좋겠어."

"아니요, 어머니하고 이야기를 좀 하고 싶어요. 아나도 함께할 수 있으면 더 좋고요."

새로운 도전

아나

다시는 학교 밖에서 브루노를 만날 일이 없을 거라고 생각했는데……. 오늘 그 애가 우리 집으로 찾아왔다. 좀 이상한 건 내가 아니라 우리 부모님을 만나 이야기를 나누고 싶어 한다는 것이었다.

엄마에게 브루노가 왔다는 얘기를 듣자마자 머리끝까지 신경이 곤두섰다. 나하고 미리 의논도 하지 않고 대체 무슨 권리로 여기에 온 걸까? 학교 밖에서 데이트랍시고 만난 것도 겨우 두세 번밖에 되지 않는데 말이다.

심지어 마지막으로 만나서 내 증상에 관해 이야기했을 때, 그 애가 보인 반응은 남자 친구나 좋아하는 친구에게 기대할 수 있는 종류의 것이 아니었다. 브루노는 두려움에 떨면서 말도 제대로 하지 못했다. 입장을 바꾸어 생각하면 불쌍한 느낌마저 들었다.

나는 어제 우리 사이가 끝났다고 생각하면서 집으로 돌아왔다. 브루노에게 이야기한 것을 후회하지는 않았다. 잘한 일이었다. 물론 그 애가 날 안심시키면서 강박증보다 내가 중요하다고 말해 주었더라면 더 좋았겠지만.

브루노는 끝내 그러지 않았다. 충격받은 것을 감추려고 애쓰지도 않았다. 나는 내심 그 애의 솔직함에 놀랐다. 그래서 우리 집 주방에 있는 그 애를 보고도 내 눈을 믿을 수가 없었다. 브루노는 음료수 잔을 앞에 놓고 진지한 표정으로 앉아 있었다. 대체 여기에 왜 온 걸까? 우리 부모님을 만나려는 이유가 뭘까?

부모님도 나처럼 당황한 기색이 역력했다. 엄마는 도저히 믿을 수 없다는 표정으로 브루노를 빤히 바라보았다. 아빠는 좀 더 친절한 표정을 짓고 있었지만 불편해하기는 마찬가지였다. 무언가를 방어하듯이 가슴 위로 팔짱을 단단히 끼고 있었다.

"아나에게 강박증에 관한 이야기를 들었어요."

브루노는 내가 부엌으로 들어오는 걸 보고는 천천히 입을 열었다. 엄마와 아빠가 서로 눈빛을 주고받았다.

"그건 너랑 상관없는 문제야. 대체 여긴 왜 온 거야?"

나는 화가 나서 쏘아붙였다.

"너를 이해하고 싶어. 그리고 도와주고 싶다는 얘길 하러 온 거야. 곰곰이 생각해 봤는데 나한테 좋은 계획이 있어. 그런데 모두의 동의가 필요한 계획이야."

강박증에 대해 알게 된 지 이제 겨우 하루밖에 지나지 않았는데 계획이 있다니……. 어쩌면 저렇게 순진할까? 엄마도 나와 같은 생각인지 크게 한숨을 내쉬었다.

아빠가 팔짱을 고쳐 끼면서 물었다.

"그래, 어떤 계획인지 한번 들어 보자꾸나. 강박증은 '계획'을 세워서 맞설 수 있는 게 아니지만 말이야. 이왕 이렇게 모였으니 들어나 보자고."

"계획이 소용없다고 하시는데, 그렇다면 어떻게 강박증과 맞서야 하죠? 아무것도 하지 않으면서요? 더 좋아질 거라는 희망도 목표도 없이, 아나가 하루하루 혼자 고군분투하도록 내버려 두면서요? 틀림없이 좋은 방법이 있을 거예요."

"대체 뭘 안다고 그런 식으로 말하는 거니?"

결국 엄마가 폭발하고 말았다.

"넌 우리에 대해 아무것도 몰라. 아나가 어떻게 말했는지는 모르겠지만, 네가 뭔데 여기까지 와서 우리의 노력과 방식을 문제 삼는 거지? 최악의 순간을 한 번이라도 본 적이 있어? 그 병과 함께 사는 게 어떤 일인지 상상이나 할 수 있냐고!"

브루노의 얼굴이 시뻘게졌다.

"제가 이 문제에 끼어들 자격이 없다는 건 잘 알고 있어요. 하지만 저에게도 아나는 특별해요. 그래서 조금이라도 고통을 덜어 주기 위해 제가 할 수 있는 일이 있다면 뭐든지 할 준비가 되어 있어요. 하지만 저 혼자서는 역부족이라 말씀드리는 거예요."

아빠가 차분한 목소리로 물었다.

"네가 시도해 보고 싶은 게 대체 뭐지?"

주방에 들어온 이후 처음으로 브루노와 눈이 마주쳤다. 우리는 잠시 침묵 속에서 서로를 바라보았다.

"2학기 때 베를린으로 수학여행을 갈 예정이에요. 그곳의 노이에스 박물관에 아나가 좋아하는 네페르티티 흉상이 있거든요. 그래서 제가 다른 아이들을 설득해서 베를린으로 가게 됐어요."

엄마는 브루노의 말을 끊었다.

"아, 그 이야기는 우리도 들어서 알고 있어. 하지만 아나는 수학여행을 갈 수 없어. 현실을 받아들이는 것 말곤 방법이 없거든."

브루노는 강하게 반박했다.

"그 현실을 왜 바꿀 수 없다고 생각하세요? 아나에게는 여행을 할 권리가 있어요. 누구보다 그 여행을 즐길 준비가 되어 있다고

요. 왜 시도해 보지도 않고 미리 포기하는 거죠?"

"시도하지 않았던 건 아니야. 브루노, 난 언제나 시도하고 있어."

나는 가까스로 입을 열어 중얼거렸다. 브루노가 나를 돌아보며 고개를 끄덕였다.

"알아, 하지만 이번 시도는 지금까지 해 온 것들과 다를 거야. 노출 치료가 뭔지는 알지? 사람들 말로는 제법 효과가 있대. 여행 준비를 하면서 노출 치료를 시작하면 좋을 것 같아. 우리가 도와줄게. 사실 어떻게 도와야 할지 아직 잘 모르지만, 뭐든 할 준비가 되어 있어. 네 곁에서 무슨 일이든 함께할게."

"고마워, 브루노. 하지만 난……."

"브루노, 뭘 제대로 알고나 하는 소리니?"

엄마가 경멸하는 듯한 말투로 내 말을 막았다.

"그동안 내가 강박증에 대해 얼마나 많은 책을 읽었는지 알아? 노출 치료는 잔인한 요법인 데다 별 효과도 없어. 왜 아나를 그런 수렁으로 끌어들이는 거니? 이미 아나가 하고 있는 방법들로도 충분해."

"하지만 그 여행은 아나에게 꼭 필요해요. 다른 곳도 아닌 베를린이라고요."

순간 브루노는 확신을 잃은 듯이 기가 죽었지만 주장을 굽히지는 않았다.

"언젠가 아나가 정말로 베를린에 가고 싶어 하면 우리가 데려가면 돼. 수학여행에서 오는 스트레스까지 더해 줄 필요는 없어. 아나의 상태를 알지도 못하는 수많은 아이들과 함께 여행을 하다니, 말도 안 되는 일이야. 모두에게 강박증 이야기를 할 작정이 아니라면 말이야. 넌 아나의 증상을 아이들에게 광고라도 하고 싶은 거니?"

엄마는 한 치도 물러서지 않았다. 나는 갑자기 브루노의 편이 되어 주고 싶었다. 나를 돕겠다는 마음 하나로 여기까지 왔는데, 이런 대접을 받는 것은 말도 안 되는 일이었다.

"엄마, 얜 날 도와주려고 그러는 거잖아요. 브루노, 나에게 그 방법이 최선이라고 생각하는 거 이해해. 고마워."

"넌 그렇게 생각하지 않아?"

브루노가 내 눈을 뚫어져라 바라보며 물었다. 나는 어깨를 으쓱했다.

"불가능한 일이야. 엄마 말씀처럼 말도 안 되는 일이지. 수학여행을 가면 오랜 시간 동안 다른 아이들과 함께 지내야 하잖아. 계속해서 아무 문제가 없는 척할 수는 없어. 결국 모두가 내 비밀을 알게 될 거야."

"알게 되면 뭐 어때서? 아무 일도 안 생길 거야. 물론 수학여행을 인솔하는 선생님들께는 말씀드려야겠지. 그분들의 도움을 받으면 모든 게 더 수월해질 테니까."

"브루노 말이 맞아. 왜 시도조차 하지 않으려는 거지? 그 여행이 노출 치료를 시작하는 데 중요한 동기가 될 수도 있을 거야."

잠자코 있던 아빠가 끼어드는 바람에 우리 모두 깜짝 놀랐다.

엄마가 믿을 수 없다는 듯한 표정으로 아빠를 바라보았다.

"다들 머리가 어떻게 돼 버린 거 아니야? 생각이란 걸 좀 해 봐. 아나가 혼자서 탑승 수속을 하고 수하물을 찾고 알아듣지도 못하는 외국어를 쓰는 사람들을 만나야 한다고!"

"혼자가 아니에요. 제가 늘 아나와 함께 있을 거니까요."

브루노가 중얼거리자 엄마는 고개를 저었다. 그러고는 거의 비웃듯이 말했다.

"네가……. 그래, 해외여행 경험이 얼마나 있는데?"

"작년에 영국 여행을 다녀왔어요. 하지만 그런 건 중요하지 않아요. 중요한 건 아나가 혼자가 아니라는 거죠. 저와 함께 있을 거니까요. 베를린이라는 아주 멋진 도시에서 네페르티티와 아크나톤은 물론이고, 아주 흥미로운 것들을 잔뜩 볼 수 있을 거예요. 아나는 틀림없이 좋아할 거라고요."

아빠는 골똘히 생각에 잠긴 채 중얼거렸다.

"효과가 있을 수도 있어. 미친 짓일지도 모르지만 말이야. 아나가 시도해 보고 싶다고 한다면 한번 해 봄 직한 일이야."

엄마가 나를 돌아보았다.

"아나, 이제 그만하라고 말 좀 해 줘. 네가 단호하게 거절하지 않으면 저 두 사람은 계속할 거야."

나는 그 자리에서 당장 뛰쳐나가고 싶었다. 내 방으로 가서 주사위를 꺼내 던지고 싶다는 생각밖에 들지 않았다. 홀수가 나오면 가지 않고, 짝수가 나오면…….

하지만 그 자리에는 브루노가 있었다. 우리 부모님에게 예의 바른 소년으로 보이기 위해 일부러 골라 입은 게 분명한 검정색 긴팔 셔츠 차림으로 땀을 뻘뻘 흘리면서. 브루노는 지금 인생에서 가장 어려운 순간을 보내고 있는 건지도 모른다. 이렇게 최악의 상황에서도 희망을 잃지 않고, 그토록 진지한 태도로…….

나는 마음을 정한 뒤 조심스럽게 말했다.

"저는…… 베를린에 가고 싶어요. 한번 시도해 보고 싶어요. 조금이라도 나아지기 위해서 뭐든 다 해 봤으면 좋겠어요."

고장난 하루

아나

해외여행은 이번이 세 번째다. 앞선 두 번의 여행은 아주 어렸을 때 가족과 함께했는데, 당시에는 아직 강박증을 앓지 않았다. 어쩌면 정확하게 기억하지 못하는 걸지도 모른다. 어렴풋하게 힘들었던 기억이 떠오른다. 비행기가 무척 작아 보였고, 내 앞에 앉은 승객이 등받이를 뒤로 너무 많이 젖혀서 숨쉬기가 힘들었다. 공기가 부족한 것처럼 느껴질 정도였다.

이번에는 적어도 그런 문제는 없을 것이다. 비행기 맨 앞자리를 확보한 덕분에 좌석을 뒤로 젖혀서 나를 괴롭힐 사람이 없으니까. 흠, 비행기 좌석이나 공간은 변함없어도 내 몸이 많이 커졌다는 게 문제가 될지도 모르겠다.

진정하자. 이 여행을 위해 지난 몇 달간 꼼꼼하게 준비를 했다. 긴장을 풀기 위해 심호흡하는 방법도 배웠다. 주사위와 증상을 적어 놓은 목록도 집에 두고 왔다. 다만 일기장은 갖고 왔다. 상담 선생님은 일기 쓰기가 도움이 될 거라고 했다. 내가 말도 안 되는 충동에 굴복하지 않고 느끼는 감정을 표현할 수 있도록 도와준다는 것이다. 누군가에게 말을 반복시키고 싶은 충동에 사로잡힐 때나 화장실의 타일 개수를 세고 싶을 때면 일기장을 펼쳐서 글로 쓰라고 했다. 그동안 그 제안을 충실하게 따랐다.

하지만 이상하게도 브루노와 사귀기 시작한 뒤로는 일기장을 자주 펼치지 않게 되었다. 처음으로 내 인생이 생각했던 것보다 훨씬 더 재미있어졌기 때문인 것 같았다. 나는 옆자리에 앉아 잠에 곯아떨어진 브루노의 얼굴을 물끄러미 쳐다보았다. 사실 잠이 오는 게 당연했다. 공항에 도착하기 위해서 새벽 네 시에 일어나야 했으니까. 나도 브루노처럼 잠을 잘 수 있으면 얼마나 좋을까? 두 시간도 채 자지 못해서 너무 피곤했다. 그리고 불안했다. 뇌가 피로하면 전전두엽(전두엽의 앞부분. 추론하고 계획하며 감정을 억제하는 일을 맡는다.)은 고통과 두려움과 불안으로 인한 발작을 조절하고 감정을 통제하는 능력을 잃어버리게 되니까.

한편으로는 지난 몇 달 동안 있었던 일들이 떠올라 웃음이 새어

나왔다. 나는 브루노 덕분에 학교에서 부러움을 가장 많이 받는 학생이 되었다. 우리는 쉬는 시간마다 함께 있었고, 주말이면 빼놓지 않고 데이트를 했으며, 심지어 시험공부도 같이했다.

나는 《반지의 제왕》을 읽었고, 그 애는 내가 좋아하는 《오만과 편견》을 읽었다. 브루노는 전개가 너무 느리고 아무 사건이 일어나지 않는다며 처음에는 재미없어 했지만 금세 빠져들었다. 우리는 고고학에 관한 책도 함께 읽었다.

또 서로의 집을 여러 번 오가기도 했다. 나는 예민함이 지나쳐 이성을 잃는 일 없이 브루노 옆에서 지내는 데 익숙해졌다. 무슨 일이 일어날까 봐 미리 걱정하지 않고, 가능한 한 모든 상황을 수천 번씩 상상하지 않으려고 애쓰면서 말이다. 브루노와 함께 있을 때는 '노출 치료'를 하는 게 어렵지 않았다. 하지만 지금은 그 치료법에 대해 생각하고 싶지 않았다. 최악의 순간을 떠올리면 소름이 확 끼쳤다. 그 생각이 시작되면 결코 멈추지 않을 것이다.

나는 이런 시도를 한 것만으로도 스스로를 자랑스럽게 여겼다. 여기, 베를린으로 향하는 비행기 안에 앉아 있다는 사실만으로. 직항이었으면 더 좋았을 테지만, 아이들은 모두 취리히를 경유하는 노선을 선택했다. 비행기값이 더 쌌기 때문이다. 브루노가 극구 반대했지만 별 도리가 없었다.

이제 십오 분쯤 지나면 취리히 공항에 착륙하기 위해 안전벨트를 매라는 안내 방송이 울려 퍼질 것이다. 공항에서 환승할 생각만 하면 불안감이 커졌다. 공항은 나 같은 사람을 고문하기 위해 만들어진 장소인 듯했다. 아니, 사실 우리 모두를 힘들게 하는 장소인지도 모른다. 공항 시스템을 좋아하는 사람은 아무도 없을 테니까.

게다가 에바 선생님의 설명에 따르면, 우리가 보안 검색대를 통과해서 다른 쪽에 있는 탑승구까지 이동하는 시간이 자못 빠듯하다고 했다. 지금 타고 있는 비행기가 연착한다면 갈아타야 할 비행기를 놓칠 수도 있다는 얘기였다.

이제 일기는 그만 쓰는 게 좋겠다. 마음을 안정시키기 위해 심호흡을 해야 하니까. 나는 할 수 있다. 그래, 이것보다 훨씬 더 어려운 일들도 다 해냈으니까.

취리히 공항에 착륙하기 전에 마지막으로 쓴 문장을 방금 다시 읽었다. '나는 할 수 있다.'라니. 바보, 멍청이, 머저리!

그로부터 한 시간 뒤, 보안 검색대 앞에서 바보 같은 짓을 수도 없이 저질렀다. 브루노 앞에서, 그리고 친구들 앞에서. 대체 왜 그랬는지 모르겠다. 하긴 놀라울 것도 없다. 지금까지 왜 그랬는지 알지 못하는 일을, 이해할 수 없는 일을 무수히 저지르면서 살아왔으니까.

공항에는 사람들이 무척 많았다. 에바 선생님은 우리더러 서두르라고 재촉했다. 비행기가 연착을 한 데다 몇몇 여학생들이 화장실에 가서 빨리 나오지 않았기 때문이다. 공항 내부가 너무 더운 탓에 화장실에 가서 세수라도 하고 싶었지만, 브루노와 떨어져 있고 싶지 않아서 꾹 참았다. 그것이 고통스러운 발작의 시초였다.

주사위가 있었더라면 좋았을 텐데. 그랬다면 적어도 일이 그렇게 엉망이 되지는 않았을 것이다. 아무도 모르게 주사위를 던질 수만 있었다면······. 그러나 치료를 위해 주사위를 가져오지 않은 게 문제였다.

에바 선생님은 보안 검색대 앞에서 우리를 도와주려고 했다. 부모님에게 미리 들어서 내 증세에 관해서는 이미 알고 있었다. 엄마와 아빠는 선생님이 무척 잘 이해해 주었다고 했지만, 나는 왠지 선생님이 놀란 눈으로 나를 바라보는 것 같은 느낌을 받았다.

나는 가방과 신발, 휴대폰, 재킷을 넣은 바구니가 검색대를 통과할 때쯤에야 전자책 리더기를 꺼내 놓지 않았다는 사실을 알아차렸다. 전자 제품이니까 가방에 넣지 말고 바구니에 꺼내 놓았어야 했는데 말이다. 보안 요원이 별다른 말 없이 통과하라며 손짓을 했는데도, 나는 당황한 나머지 허둥대고 말았다. 보안 요원을 붙들고 영어로 사정을 설명하려 했다. 그 사람은 내 말을 잘 알아듣지 못했다. 내가 신경질적으로 반응하자, 미심쩍은 듯한 표정으로 날 뚫어져라 바라보았다.

바로 뒤에서 따라오던 브루노가 나를 진정시키려고 애썼다.

"아나, 제발 진정해. 안 그러면 문제가 커질 거야."

그러고는 검색대를 통과한 사람들이 물건을 찾는 테이블 모퉁이로 나를 끌고 갔다. 에바 선생님은 그제야 무슨 일이 생겼는지 알아차리고는 쏜살같이 달려왔다. 사람들이 모두 우리를 쳐다보았다. 다리오 선생님이 보안 요원에게 영어로 뭔가 설명하려고 애를 썼다. 에바 선생님에게 내 이야기를 들은 게 분명했다.

브루노가 나에게 신발을 얼른 신으라고 했지만 차마 그럴 수가 없었다. 보안 검색대를 다시 통과하고 싶은 충동에 사로잡혀 있었기 때문이다.

"여기서 계속 이러고 있으면 문제가 생길 거야. 탑승구는 E34 게이트니까 아나를 그리로 데려가. 부모님께 연락해야 할까?"

"아니에요. 진정됐어요. 걱정 마세요. 탑승구에서 뵈어요."

브루노는 에바 선생님에게 거짓말을 했다.

그리고 온몸을 덜덜 떨면서 아이처럼 흐느껴 우는 나를 꼭 안아

주었다. 눈물도 닦아 주고 얼굴에 달라붙은 머리카락도 귀 뒤로 쓸어 넘겨 주면서 이렇게 속삭였다.

"아나, 할 수 있어. 넌 할 수 있어."

나를 설득하려 하는 말인지, 아니면 자신에게 하는 말인지 알 수가 없었다. 그 순간, 브루노가 정말로 불쌍해 보였다.

나는 이 여행을 성사시키기 위해 그 애가 기울였던 모든 노력들을 하나씩 떠올려 보았다. 우리 부모님을 설득했고, 상담 선생님과 이야기를 나눌 때 곁에서 함께 들어주었으며, 내가 병원에서 치료받는 동안 대기실에서 혼자 시간을 보내며 기다려 주었다.

그 모든 것을 소용 없는 일로 만들고 싶지 않았다. 시도는 해 보아야만 했다. 몸이 계속 떨렸지만 브루노의 도움으로 신발을 신은 뒤, 그 애의 손을 꼭 잡고 탑승구로 걸어갔다. 통로, 문, 불빛, 사람들의 얼굴이 차례로 스쳐 지나갔다. 모든 게 너무 크거나 작아 보였다. 눈에 보이는 색깔들은 마치 악몽을 꾸고 있는 것처럼 비현실적으로 생생하게 느껴졌다.

그래도 우리는 제시간에 탑승구 앞에 도착했다. 아이들이 수군거리면서 나를 흘깃흘깃 바라보았다. 그런 건 아무래도 상관없었다. 우리가 해냈으니까. 여기에 함께 있으니까. 하지만 다음번에는 또 무슨 일이 일어날까?

무모한 도전

브루노

    우리는 베를린 공항에 도착하자마자 관광버스를 타고 호텔로 이동했다. 그러는 동안 아나는 한마디도 하지 않았다. 비가 부슬부슬 내리는 어스름한 저녁 시간, 우리는 이 세상 어느 도시에서든지 만날 수 있는 거리 풍경을 말없이 바라보았다. 비가 오는데도 많은 사람들이 비옷을 꽉 여민 채 자전거를 타고 있었다. 어쩌면 베를린은 기운을 내기에 최적의 장소가 아닐지도 모르겠다.

    몇몇 아이들이 일부러 음정과 박자가 틀리게 노래를 부르기 시작했다. 키득거리면서 따라 부르는 아이들도 있었고, 조용히 하라며 짜증을 내는 아이들도 있었다. 다행히 아무도 우리에게 관심을 두지 않았다. 어쩌면 그때 아나와 취리히 공항에서 있었던 일에 대해 이야기를 나누어야 했는지도 모른다. 하지만 그럴 수가 없었다. 아나를 진정시키기에 앞서 나부터 놀란 가슴을 쓸어내려야 했으니까.

아나는 무척 예민해져 있었다. 이제껏 한 번도 보지 못한 모습이었다. 그 상태로는 도저히 비행기를 타지 못할 것 같았는데, 제때 진정이 되어서 그나마 다행이었다. 에바 선생님이 아나 엄마에게 전화를 걸어서 죄다 이야기할까 봐 걱정이 되었다. 여행 중에 일어난 문제를 하나도 빼놓지 않고 다 알려 주기로 약속했던 것이다. 이번 일만은 비밀로 해 달라고 부탁해야겠다. 아나 엄마가 다음 비행기를 타고 베를린까지 쫓아올 수도 있으니까.

어쩌면 아나 엄마 말이 맞을지도 모른다. 이건 미친 짓이다. 그녀가 즐겨 쓰는 표현인 '무모한 짓'일 수도 있다. 아나는 지금 한없이 가라앉아 있었다. 지나치게 자책을 하면서 부끄러워했다. 그 애를 바라보는 것만으로도 가슴이 쓰라렸다.

나는 막연하게 이런 일이 일어나지 않을 거라고 생각했다. 그걸 막기 위해 지난 몇 달 동안 엄청나게 노력했으니까. 그 시간들은 아무 소용이 없었던 걸까? 일상에서 벗어나 갑자기 새롭고도 낯선 상황에 직면하면 안정을 잃을 수도 있다는 건 잘 알고 있었다.

하지만 이렇게 빨리, 또 이토록 심하게? 물론 이런 질문이 말도 안 된다는 건 잘 안다. 아나의 병에 답이 있기라도 한 것처럼, 우리를 이끌어 주는 어떤 논리가 있는 것처럼 생각하는 질문이니까. 그런 건 그 어디에도 없다.

취리히 공항의 보안 검색대에서 벌어졌던 일이 지금부터 아나에게 나쁜 영향을 줄 거라고 생각하자 마음이 몹시 아팠다. 조금씩 모아 온 희망이 갑자기 연기처럼 사라지는 느낌이었다. 아나는 강박을 조절하는 능력을 잃는 걸 두려워하고 있었다. 그리고 두려움은 아나에게 가장 나쁜 것이었다.

딱 일주일이면 되는데, 왜 이렇게 어려운 걸까? 다른 커플들처럼 함께 도시를 산책하고 박물관에 들르고 장벽 앞에서 사진을 찍는 일이……. 문제는 많은 아이들이 공항에서 일어난 일을 목격했다는 데 있었다. 아이들은 영문을 모른 채 아나가 절망스럽게 우는 모습과 보안 직원의 의심에 찬 표정을 보았다. 그들의 호기심에 불을 당기기에 충분한 장면이었다.

호텔에 도착한 뒤에는 방 배정을 받기 위해 로비에서 잠시 대기했다. 아나는 짐을 챙겨 소파에 앉아 있었고, 나는 카드키를 받으러 갔다.

다니가 슬쩍 다가와 물었다.

"아까 검색대에서 네 여친이 왜 그런 거야? 무슨 일 있었어?"

"그냥 약간의 오해가 있었어. 전자책 리더기를 가방에서 꺼내 놓는 걸 깜빡해서……. 별일 아니야."

"그런 것치고는 너무 예민하게 굴던데? 보안 요원도 엄청 놀란 눈치더라고."

다니는 재미있는 에피소드라도 되는 양 신나게 떠들어 댔다.

"낸들 알겠냐? 그냥 여행이 피곤해서 좀 예민해진 거겠지. 간밤에 잠도 거의 못 잤다고 하더라고."

"다들 간밤에 잠을 설쳤을걸? 앞으로도 잠을 자지 않을 테고! 수학여행까지 와서 잠을 자는 건 시간을 낭비하는 짓이야."

다니의 말이 끝나기가 무섭게 에바 선생님이 뒤에서 불쑥 나타났다.

"다니, 네가 한 말 다 들었어. 두 눈 똑바로 뜨고 지켜볼게. 그리고 브루노, 나랑 잠깐 얘기 좀 할래?"

에바 선생님은 로비 구석으로 나를 데리고 가서 카드키 두 장을 건넸다.

"자, 네 방과 아나 방 카드키야. 두 방은 연결되어 있어. 너희 둘만 일인실을 배정했거든. 다른 아이들에게 뭐라고 설명해야 할지 모르겠지만 말이야. 어쨌든 내 방과 같은 층이니까 무슨 일이 있으면 바로 연락해."

"아나는 미리 일인실을 쓰겠다고 추가 요금을 냈지만, 전 아니니까 다른 친구들과 함께 자도 괜찮아요."

"오늘 일을 보고 나니까 아무래도 걱정이 돼서 말이야. 아나를 안정시킬 수 있는 사람은 너밖에 없어. 솔직히 말하면 남은 여행 기간 중에 더 이상 문제가 생기지 않았으면 좋겠구나. 호텔 직원 말로는 두 방이 문 하나로 연결되어 있어서 추가 요금을 내지 않아도 된다고 하니까, 가까운 곳에서 아나의 상태를 잘 지켜봐 줘."

"아까는 너무 당황해서 좀 예민해졌던 거예요. 다시는 그런 일이 생기지 않을 거예요. 정말로요."

선생님은 눈썹을 추켜올렸다.

"브루노, 어떻게 알아? 예측할 수 없는 일이야. 아나를 데려오지 말았어야 했는데, 내가 왜 설득을 당한 건지……. 다리오 선생님은 아나가 시한폭탄이라고 하시더라."

"그렇지 않아요. 학교에서는 문제를 일으킨 적이 없잖아요. 다 잘될 거예요. 그러니까 아까 일은 아나 어머니께는 비밀로 해 주세요. 그걸 아시면 무척 걱정하실 거예요."

나는 선생님보다 나 자신을 설득하기 위해 무진장 애를 쓰며 말했다. 에바 선생님이 납득할 수 없다는 듯이 고개를 저었다.

"이건 막중한 책임감이 따르는 일이야. 아무 말도 안 했다가 나중에 무슨 일이라도 생기면 어떡하니?"

"이번 한 번만요. 제발요. 이후에 다시 무슨 일이 생기면 그때는 연락하셔도 돼요. 아나는 보기보다 자제력이 강해요."

내가 애원하다시피 말하자 선생님이 옅은 미소를 지어 보였다.

"브루노, 넌 정말 대단한 용기를 지녔어. 저런 아이와 함께 지내는 게 결코 쉬운 일이 아닐 텐데."

"쉽지 않지만 그만한 가치가 있어요."

에바 선생님이 로비 쪽을 흘깃 바라보았다. 몇몇 아이들이 방 배정 때문에 다투고 있었다.

"그래, 네가 가장 잘 알겠지. 이제 방으로 올라가 짐을 풀고 쉬어. 나는 정리를 마저 좀 해야겠어."

"그럼 전화는⋯⋯."

"걱정하지 마. 지금은 아나 어머니께 연락하지 않을게. 하지만 무슨 일이 생기면 반드시 나에게 말해 줘야 해. 문제가 생기면 다 내 책임이니까. 알겠지?"

꿈과 현실 사이

아나

간밤에는 잠을 푹 잤다. 어제는 너무 피곤해서 일을 그르친 것 같았다. 여행 전에는 더 잘 쉬어야 했는데. 이제는 후회해도 소용 없지만.

아침에는 그 어느 때보다도 편안한 기분으로 깨어났다. 창문으로 쏟아져 들어온 창백한 햇살이 호텔 방 안의 단출한 가구들을 비추었다. 방 안에는 긴 책상과 철제 의자 하나, 둥근 테이블 앞에 놓인 오렌지색 소파 하나, 그리고 린넨 갓이 씌워진 철제 스탠드가 하나 있었다.

지금 어디에 있는지 확인하자마자 감동의 물결이 밀려들었다. 꿈이 아니었다. 나는 지금 베를린에 있는 것이다. 숱한 어려움이

있었지만 결국 해냈다. 가장 어려운 걸 해낸 것이다. 하지만 기쁨
은 그리 오래가지 않았다.

샤워를 하는 동안, 어제 취리히 공항의 보안 검색대에서 있었
던 고통스러운 기억이 떠올랐다. 나는 팔을 박박 문지르기 시작했
다. 그렇게 하면 머릿속에서 그 장면을 뽑아낼 수 있기라도 한 듯
이⋯⋯. 그러나 불가능한 일이었다.

수건으로 머리카락의 물기를 말리고 있는데, 브루노의 방과 연
결된 문에서 노크 소리가 났다. 나는 목욕 타월을 몸에 두른 채 문
을 열었다. 우리는 포옹을 하고 입을 맞추었다. 이보다 더 완벽한
하루의 시작이 있을까?

아침을 먹기 위해 식당으로 내려가 보니 이미 아수라장이었다.
아이들은 크루아상, 도넛, 소시지, 계란프라이가 뒤섞인 접시를 손
에 들고는 이리저리 왔다 갔다 했다. 우리 모둠은 식당 구석의 긴
식탁을 차지한 채 큰 소리로 떠들어 대고 있었다.

"우리도 저기에 앉을까?"

"응, 네가 그러고 싶다면⋯⋯."

브루노는 나를 위해서 창가에 있는 2인용 식탁에 자리를 잡았
다. 그 애는 다른 친구들과 함께 앉고 싶은 눈치였지만, 나는 아침
부터 그렇게 소란스러운 곳에 끼어 있을 자신이 없었다. 어차피

같은 모둠 아이들과 하루 종일 붙어 다니면서 함께해야 하는 활동이 넘쳐났다. 아침을 먹은 뒤에는 버스를 타고 관광지를 도는 '파노라마식 베를린 방문' 프로그램이 시작될 예정이었다.

호텔 정문에 대기하고 있는 버스에 오르자, 어제 만났던 기사 아저씨가 독일어로 인사를 건넸다. 아이들도 어설픈 독일어로 인사를 했다. 그런 다음에 본격적인 관광이 시작되었다. 차가 무척 막혀서 버스는 가다 서다를 반복했다. 수많은 신호등과 자전거가 우리를 지나쳐 갔다. 구름이 잔뜩 끼어 있었지만 다행히 비는 오지 않았다. 거리에는 사람들이 많지 않았는데, 지나가는 사람들 대부분이 혼자였다. 관광객은 보이지 않았다.

나는 버스가 잠시 멈추었을 때, 신호등을 가리키며 브루노에게 말을 걸었다. 보행자 신호를 알리는 초록색 인형을 발견했기 때문이다.

"저기 좀 봐. 암펠만이야. 동독의 유산이지. 눈에 띄는 캐릭터를 이용해서 어린이들의 교통사고를 줄이기 위해 만든 건데 꽤 효과가 있었대. 독일이 통일된 후에 철거될 뻔했는데, '암펠만 살리기 운동'을 한 덕분에 이제는 베를린의 상징으로 남게 되었지."

"안내 책자에 나와 있었어?"

"응, 어제 비행기에서 읽었어."

브루노가 웃으며 물어서 나는 순순히 시인을 했다.

잠시 후 첫 번째 관광지인 브란덴부르크 문 앞에 도착했다. 베를린의 중심가인 파리저 광장에 세워진 개선문으로, 분단 시절에는 동·서 베를린의 경계이자 냉전의 상징이었다가 지금은 통일된 독일을 대표하는 건축물이 되었다고 했다. 아이들은 버스에서 내리자마자 휴대폰을 꺼내 들고 사진을 찍기 바빴다.

이 순간을 얼마나 손꼽아 기다려 왔는지! 지난 몇 달 동안 어떤 느낌일지 상상을 해 보기도 하고, 너무 먼 곳인 것만 같아서 두려움에 떨기도 하면서 시간을 보냈다. 마침내 상상만 했던 그곳에 도착한 것이다.

브루노와 나는 서로의 휴대폰으로 사진을 찍어 주었다. 다니가 다가와서 우리 둘의 사진도 찍어 주었다. 몇몇 아이들이 엽서를 산다며 기념품 가게에 들어가 나오지 않자, 에바 선생님이 직접 찾으러 들어갔다. 다음 일정이 빠듯했기 때문이다. 반 친구들과 이야기를 나누는 브루노와 멀찍이 떨어져 잠시 기다리고 있는데, 다리오 선생님이 다가와 말을 걸었다.

"좀 괜찮니? 어제는 큰일 날 뻔했지 뭐니? 내가 미리 알고 있었으니 망정이지."

나는 금세 얼굴이 시뻘게져서 조그맣게 대답했다.

"죄송해요. 좀 피곤했나 봐요. 이제는 괜찮아요."

그때 브루노가 한껏 걱정스러운 표정을 한 채 우리 쪽으로 부리나케 달려왔다. 그 모습이 머릿속에 콱 박혀 버렸다. 뭔가 잘못될까 봐 저렇게까지 두려워하다니……. 그런 생각이 들자 갑자기 온몸에서 기운이 쭉 빠져 버렸다. 브란덴부르크 문에도 흥미가 없어졌다. 저 멀리 울창한 숲 사이로 보이는 오벨리스크도, '보리수나무 아래에서'라는 뜻을 가진 베를린의 중심 거리인 운터덴린덴도 별로 보고 싶지가 않았다.

갑자기 그 모든 것들이 뒤로 밀려나는 듯한 기분이 들었다. 대신에 소냐가 소리 지르는 모습, 나탈리아와 아인오아가 수군대는 모습, 그리고 여기저기 흩어져 있는 아이들을 끌어 모으며 버스에 올라타라고 재촉하는 다리오 선생님의 지친 표정이 눈에 들어왔다. 다리오 선생님까지 내 비밀을 알고 있었다니……. 믿을 수가 없었다.

나는 지난 몇 달 동안 이 여행을 꿈꾸어 왔다. 운터덴린덴 거리, 브란덴부르크 문, 암펠만……. 여기에 오면 어떨지, 꿈이 현실이 되면 어떤 기분이 들지 수도 없이 상상해 보았다. 하지만 꿈꾸던 곳에 와서 내 눈으로 직접 보고도 여전히 신기루처럼 느껴졌다. 베를린에 온다고 해서 세상이 바뀌는 건 아니었다. 나 또한 조금도 달라지지 않았다. 여전히 강박증에 시달리는 환자일 뿐이었다.

그럼에도 불구하고 나는 앞으로 나아가려고 노력했다. 브루노의 여행을 망치고 싶지 않았다. 그 애는 지금 원하는 선물을 받은 어린아이처럼 기뻐하고 있었다. 그런데 그 장난감이 망가졌다고 해서 아무짝에도 쓸모없었다고, 아니 쓸모가 있었던 적이 단 한 번도 없다고 말하는 것은 너무도 잔인한 일이니까.

관광을 마친 뒤에는 점심 식사를 하기 위해 다시 호텔로 돌아왔다. 또 그 지긋지긋한 뷔페였다. 접시를 들고 이리저리 다니면서 산더미같이 쌓인 음식 가운데서 먹을 것을 골라 담아야 했다. 별다를 게 없는 뻔한 음식을 놓고도 뭘 골라야 할지 갈피를 잡지 못했다. 이럴 줄 알았으면 주사위를 가져오는 건데…….

결국 나는 한데 뒤섞여 본연의 정체를 알 수 없게 된 음식들을 꾸역꾸역 먹었다. 모든 음식에서 케첩, 겨자, 소시지, 그리고 시들시들한 양상추가 섞인 맛이 났다. 식당 안은 또 왜 그렇게 시끄러운지. 식기가 부딪치는 소리뿐만 아니라 사람들이 떠들어 대는 소리로 머리가 울릴 지경이었다. 다들 왜 그렇게 큰 소리로 말하는 걸까?

"베를린 신박물관은 다섯 시까지 열려 있대."

브루노가 소음을 뚫고 나에게 소리쳤다.

"오후에 자유 시간이 있으니까 그때 같이 가 볼까? 그러면 너의 네페르티티를 볼 수 있을 거야."

"나의 네페르티티라니, 그런 말 좀 하지 마. 그리고 지금은 어디에도 가고 싶지 않아."

나는 스스로도 놀랄 만큼 신경질적으로 대답하고 말았다. 브루노가 놀라서 눈썹을 치켜세웠다.

"널 생각해서 한 말이야. 그럼 박물관에는 내일 가는 걸로 하고……, 오늘은 어디로 갈까?"

"네가 어딜 가든지 내 알 바 아니지. 나는 아무 데도 가지 않을 거야."

그 순간, 내 눈에 눈물이 고였다.

"이렇게는 계속할 수 없어. 하고 싶지 않아. 지금 내가 원하는 건 방에 틀어박혀서 쉬는 거야."

체념, 그 너머

브루노

아나는 꼬박 하루 반 동안 방 안에 틀어박혀 있었다. 어제 점심을 먹고 올라간 뒤, 내 방과 연결된 문을 아예 잠가 버리고는 오후 내내 밖으로 나오지 않았다.

여행이나 호텔에 적응하려면 시간이 좀 필요할 거라는 생각이 들어서 처음에는 크게 걱정하지 않았다. 그래서 오후에는 다른 친구들과 함께 베를린 장벽과 체크포인트 찰리(냉전 시대에 미군이 동·서베를린 사이의 통행을 감시하던 초소)를 보러 갔다 왔다.

장벽 사진과 셀카를 몇 장 찍고는 분단된 시절의 베를린에서 사는 게 어떤 의미인지 상상해 보았다. 친구들은 농담을 던지면서 어떻게든 나를 대화에 끼워 주려고 노력했다. 나를 가엾게 여기는 것 같았다.

나는 친구들과 어울리는 동안에도 '아나에게는 시간이 조금 필요할 뿐'이라고 생각하려 애썼다.

저녁 식사 시간에 아나가 나타나지 않자, 에바 선생님과 다리오 선생님이 나를 불렀다.

"아나를 이렇게 내버려 둘 수는 없어. 너한테는 방에서 언제 나올 건지 이야기했니? 아까 방으로 찾아갔는데 문도 열어 주지 않더구나."

"피곤해서 좀 자고 싶다고 했어요. 잠이 들어서 문을 열어 드리지 못했을 거예요. 아나는 깊게 잠드는 편이라 소리를 잘 못 듣거든요."

나는 걱정에 싸인 에바 선생님에게 일부러 거짓말을 했다.

시간을 좀 벌면 괜찮을 줄 알았다. 하지만 아침이 되어도 상황은 조금도 나아지지 않았다. 잠에서 깨자마자 아나의 방문을 두드렸지만 여전히 굳게 잠겨 있었다. 손가락 마디가 부서져라 문을 두드려 댔다. 하지만 아나는 끝내 문을 열지 않았다. 어떻게 해야 할지 알 수가 없었다.

그 순간, 나는 세상에서 가장 불행한 사람이 된 듯한 기분이 들었다. 아나에게 나를 봐서라도 제발 문을 좀 열어 달라고 애원했지만 대꾸조차 하지 않았다.

아나가 나를 이렇게까지 무시한다는 건 있을 수 없는 일이었다. 만약 의식을 잃은 거라면? 아니, 그보다 더 나쁜 일이라도 생긴 거라면? 바보 같은 짓을 저지르고 만 거라면?

나는 있는 힘껏 문을 향해 돌진하며 발길질을 했다. 그때 문 너머에서 아나의 놀란 목소리가 들려왔다.

"날 좀 그냥 내버려 둬."

아나의 목소리라고 생각하기 힘들 정도로 찢어질 듯 날카로웠다.

"가만히 내버려 두지 않으면 지금 당장 보안 요원을 불러 달라고 프런트에 전화할 거야."

나는 뺨을 한 대 세게 얻어맞은 것 같은 충격을 받았다. 아나가 나에게 그런 말을 했다는 사실을 믿을 수가 없었다. 대체 왜 이러는 걸까?

나는 몽유병 환자처럼 비척거리며 아침 식사를 하러 식당으로 갔다. 다니와 함께 자리에 앉으려고 하는 순간, 그만 에바 선생님과 마주쳤다.

"아나는 안 내려온다니?"

선생님의 말투가 꼭 나를 나무라는 것 같았다.

"어제 먹은 게 잘못됐는지 밤새 토했대요. 자주 일어나는 일이에요. 침대에 좀 누워 있으면 오후엔 괜찮아질 거예요."

나는 또 대충 둘러댈 수밖에 없었다. 선생님은 의심에 찬 눈초리로 나를 바라보았다. 내 거짓말은 형편없었다. 하도 부끄러워서 얼굴이 화끈 달아올랐다. 선생님이 뭔가 눈치를 챘을 거라고 생각했는데, 놀랍게도 그냥 넘어가 주었다. 선생님도 나처럼 아무 이상이 없다고 믿고 싶은 것일까?

나도 아나와 함께 호텔에 머물고 싶었지만, 불에 기름을 부을 수는 없었다. 안 그래도 아이들이 여기저기에서 수군거리는 상황이어서 의심거리를 보태고 싶지 않았다. 그래서 아침을 먹은 뒤 친구들과 함께 카이저 빌헬름 기념 교회를 보러 갔다. 제2차 세계 대전 당시에 폭격으로 부서진 첨탑을 그대로 보존해서 전쟁의 비참함을 여과 없이 보여 주는 게 퍽 인상적이었다.

교회 내부를 둘러본 뒤 밖으로 나오자 뒤편에 장터가 있었다. 몇 가지 놀이 기구가 있었는데, 아이들은 신이 나서 앞다투어 회전목마에 올라탔다. 나는 색색의 목마에 올라탄 친구들이 빙글빙글 돌면서 오르락내리락하는 걸 멍하니 바라보았다.

한 곳을 너무 뚫어져라 바라본 탓일까? 아니면 추워서일까? 갑자기 눈앞이 흐려졌다. 목이 메어서 숨 쉬기가 힘들어져 침을 꿀꺽 삼켰다. 얼마나 꿈꿔 온 여행인데……. 아나에게 이 여행이 악

몽이 된다는 건 말도 안 되는 일이었다.

점심을 먹기 위해 다시 호텔로 돌아왔을 때, 에바 선생님이 심각한 얼굴로 나를 찾아왔다.

"아나에게 가서 지금 당장 나오지 않으면 곧바로 어머니에게 연락드리겠다고 전해 줘. 내가 책임지고 있는 이상 저렇게 계속 내버려 둘 수는 없어. 부모님께 와 달라고 전화해야겠어."

나는 마음을 졸이며 방으로 올라갔다. 무슨 말을 어떻게 해야 할지 알 수가 없었다. 이미 할 수 있는 것은 다 했으니까. 에바 선생님의 말씀을 그대로 전하는 수밖에 없었다.

내 방에 들어가 아나의 방문을 두드렸다. 서너 번을 두드려도 아무 대꾸가 없었다. 문 너머에서 발걸음 소리가 언뜻 들린 것 같기는 했다.

"에바 선생님이 당장 나오지 않으면, 부모님께 널 데리러 오라고 전화하시겠대. 그렇게 할 수는 없잖아. 그러니까 제발……."

갑자기 문이 벌컥 열려서 소스라치게 놀랐다. 아나는 잠옷 차림으로 문 앞에 서 있었다. 얼마나 많이 울었는지 눈이 통통 부었다.

"그러실 필요 없어. 내가 벌써 전화했으니까. 지금 비행기표를 알아보고 계셔."

아나가 사나운 목소리로 말했다. 도저히 믿을 수가 없었다.

"대체 왜 그랬어? 뭐가 잘못된 거야? 다 잘되고 있었는데……."

"아니, 잘된 건 하나도 없어. 네가 받아들이고 싶어 하지 않은 것 뿐이야. 뭐가 잘못됐냐고 물었니? 몰라서 물어? 바로 내가 잘못 그 자체야! 널 위해서 이 여행을 시작했지만, 좋은 생각이 아니었다는 게 분명해졌어. 네 여행을 망쳐서 미안해. 하지만 더 이상 걱정하지 마. 곧 집으로 돌아갈 테니까."

아나는 자기 할 말만 쏟아 놓은 뒤 다시 문을 닫으려고 했다. 나는 아나의 방으로 재빨리 따라 들어가 어깨를 힘껏 붙잡았다. 나도 모르는 사이에 눈물이 흘러내려 뺨을 적셨다.

"너, 지금 무척 비겁한 거 알아? 어려우리라는 건 우리 둘 다 이미 알고 있었어. 근데 왜 더 앞으로 나아가려고 하지 않는 거야? 왜 포기하려고 해?"

아나가 나를 뿌리치며 한 걸음 뒤로 물러났다. 한 번도 본 적이 없는, 상상조차 하기 어려운 냉랭한 눈빛으로 나를 쏘아보았다. 그러나 이내 고집스러운 표정이 풀어지면서 아나의 눈에도 눈물이 고였다.

"왜 포기하려고 하냐고? 지쳐서 그래. 하루 종일 나 자신과 싸우는 데 지쳤단 말이야. 넌 그게 뭔지 이해할 수 없어. 얼마나 지치는지 알 수가 없다고. 모든 게 다 부질없는 짓이야. 결국에는 질 수밖에 없으니까. 무슨 일을 하든지 언제나 지기만 할 뿐이라고!"

그때 《반지의 제왕》에서 읽은 문장이 어렴풋하게 떠올랐다.

"아냐, 어두컴컴하고 위험천만한 상황 속에서도 정말로 중요한 것들이 있잖아. 때때로 우리는 좋게 끝나지 않을 거라는 생각에 결말을 알고 싶어 하지 않아. 세상에 그토록 수없이 나쁜 일이 일어나는데, 어떻게 그 이전의 모습으로 돌아갈 수 있겠어? 하지만 결국 그 모든 그림자와 어둠은 지나가게 마련이야."

내가 필사적으로 하는 말을 잠자코 듣던 아나의 얼굴에 옅은 미소가 번졌다.

"이 와중에도 네가 좋아하는 책의 구절을 외워서 말해 주다니⋯⋯."

나는 미소를 지으려고 노력했다. 잘되었는지는 모르겠지만.

"이대로 포기할 순 없어. 우리가 여기에 오기 위해서 했던 일들을 생각해 봐. 적어도 네페르티티는 보고 떠나야지. 그걸 보기 위해 우리가 이 모든 일을 해낸 거잖아. 안 그래?"

"브루노, 나는 할 수 없어. 싸움에 지쳤다고."

"내 말 좀 들어 봐. 네페르티티를 보지 않고 이대로 베를린을 떠나 버리면 완전한 패배가 될 거야. 앞으로 살아가는 내내 기억날 거라고. 고고학자라는 꿈을 불어넣어 준 그 흉상을 보기 위해 베를린까지 갔는데, 호텔 밖으로 한 발자국도 나가지 못한 걸 떠올릴 때마다 무척 뼈아플 거야. 그리고 그 기억은 너에게서 자신감을 모조리 빼앗아 갈지도 몰라."

아나는 어깨를 으쓱하며 조그맣게 말했다.

"차라리 그게 더 나을지도 모르지."

"아니야, 그렇지 않아. 너도 잘 알고 있잖아. 네가 지금 어떤 결심을 하느냐에 수많은 일이 달려 있어. 그러니까 잘 생각해 봐. 원한다면 엄마와 함께 집으로 돌아가도 좋아. 이 여행이 너무 힘이 든다면 말이야. 하지만 그 전에 나와 함께 박물관에 가서 우리가 하려고 했던 걸 하자."

"너한테 네페르티티가 그렇게나 중요하다면……, 그렇게 하도록 할게."

아나가 조롱하는 듯한 말투로 말했다.

"나에게는 네페르티티가 아니라 네가 중요해. 그럼 오후에 박물관에 같이 가는 거지?"

아나는 고개를 끄덕이며 힘없이 말했다.

"좋아, 그리고 그걸로 베를린과는 작별할 거야."

빛나는 모든 것이 금은 아니듯

아나

나는 하루 반 동안 호텔 방 안에 틀어박힌 채 수없이 많은 종이에 글을 썼다. 그러고선 다 찢어 버렸다. 간직하고 싶지도, 기억하고 싶지도 않았으니까.

때때로 강박증은 해변과 아주 가까운 바다에서 휘몰아치는 소용돌이와도 같았다. 헤엄을 치고 있는데 갑자기 어찌할 수 없는 힘이 덮쳐 와서 늘 똑같은 지점에 처박아 놓고는 빠져나갈 수 없게 만드는……. 거기에서 벗어나려고 팔을 저으면 저을수록 바닷속으로 더 깊이 빠져들었다. 그게 바로 강박증이었다.

언제나 처음에는 그걸 피할 수 있을 것 같은 생각이 들었다. 다른 생각을 했더라면, 음식이나 음료의 맛에 집중했더라면, 여러 차

레 심호흡을 했더라면, 강박이 덮쳐 오는 걸 멈출 수도 있었을 텐데……. 그러나 나를 아래로 끌어당기는 소용돌이에 휘말리고 난 뒤에는 이미 너무 늦어 버렸다. 그때는 아무것도 할 수가 없었다.

어쨌든 지금은 그 소용돌이 속에서 빠져나왔다. 브루노가 내민 손을 잡은 덕분이었다. 그 애가 내 방에 불쑥 들어왔을 때만 해도 그 소용돌이가 브루노마저 삼켜 버릴 것만 같아서 너무나 두려웠다. 우리 둘을 바닥으로 메다꽂을 기세였으니까. 하지만 다행히 우리는 다시 물 위로 둥실 떠올랐다.

박물관에 갈 준비를 마친 뒤, 식당에 가서 사과 파이 한 조각과 커피를 한 잔 마셨다. 아무것도 입에 넣지 않은 지 24시간이 지나고 있었다. 내가 허겁지겁 파이를 먹는 동안, 브루노는 에바 선생님에게 문자 메시지를 보냈다. 내가 괜찮아졌으니 걱정하지 말라는 것과 둘이서 네페르티티를 보러 신박물관에 갈 거라는 내용이었다. 오후는 자유 일정이었기 때문에 전혀 문제 될 것이 없었다.

호텔 문 앞에서 택시를 탔다. 아직 걸을 힘이 없었다. 뒷좌석에 앉아 브루노의 어깨에 머리를 기대고 눈을 감았다. 네페르티티를 볼 거라는 생각에 집중했다.

하지만 곧 박물관에 들어가지 못하게 되는 뜻밖의 불행한 일들이 생길지도 모른다는 불안감이 몰려왔다. 폭탄 테러 위협으로 문을 닫게 될지도 모르고, 불이 날지도 모르며, 내부 수리 작업을 시작했을지도 모르니까.

그 새로운 소용돌이에 빠져들고 싶지 않아서 차창 밖으로 보이는 경치에 집중하려 애썼다. 회색빛 도시와 강물 위의 다리, 대성당 돔을 지나, 마침내 박물관 앞에 도착했다. 높디높은 지붕과 목재 대들보, 그리고 벽돌로 이루어진 벽이 보였다. 제2차 세계 대전 중에 폭격을 당한 뒤에 복구된 듯했다. 과거와 현대적인 요소가 뒤섞여 있는 건축물이었다. 왠지 모르게 평온한 느낌이 전해졌다. 마치 건물이 나를 환영하는 듯한 기분이 들었다.

매표소에서 입장권을 구입한 뒤 지도를 챙겼다. 너무 긴장한 나머지 어디로 가는지 확인도 하지 않은 채 무작정 걷다가 그만 길을 잃고 말았다. 잠시 동안 이집트의 돌기둥과 석관들 사이를 쏘다녔다. 여기저기 멈춰 서서 어떤 부조나 그림이 그려진 파피루스의 작은 디테일에 사로잡혀 감상을 하기도 했다.

나는 브루노에게 아메노피스 3세와 아멘호테프 3세는 같은 파라오로, 나중에 네페르티티와 결혼하게 되는 아크나톤의 아버지라고 설명해 주었다.

잠시 후 한 층을 내려갔다가 다시 위로 올라오는데 점점 초조해지기 시작했다. 한 시간 후면 박물관이 문을 닫기 때문이었다. 이렇게 네페르티티를 찾느라 시간을 다 허비하고서 결국 흉상을 보지 못하게 될까 봐 두려웠다.

다행히 우리는 곧 네페르티티가 있는 곳에 이르렀다. 그녀의 흉상은 원형으로 된 전시실 중앙에 있었는데, 그 어느 전시실보다 사람들이 많이 모여 있었다. 하지만 대부분의 관람객들은 이집트의 왕비를 흘긋 보고는 이내 다른 곳으로 이동했다.

나는 브루노를 바라보았다. 그 애의 입은 웃고 있었지만 눈에는 눈물이 고여 반짝였다. 브루노에게서 떨어져 흉상을 보기 위해 앞으로 다가갔다. 내가 보고 싶은 왕비의 모습을 어느 각도에서 보아야 할지 정확하게 알고 있었다. 옆모습을 보아야 했다. 사슴처럼 기다란 목과 살짝 긴장된 근육이 자신만만하게 치켜든 그녀의 머리를 똑바로 받쳐 주고 있었다.

딱히 젊다고 할 수는 없었지만 나이가 들어 보이지도 않았다. 아니, 나이를 정확히 가늠할 수가 없었다. 아름다움이 절정에 이른 것 같은 모습이었다. 그래서 미소를 짓고 있는 것일까? 자신에 대한 확신으로 만족감에 차서⋯⋯.

나는 네페르티티에게서 눈을 뗄 수가 없었다. 그동안 그녀를 얼마나 보고 싶어 했던가. 나는 보고 싶었던 부분과 보고 싶지 않았던 부분을 잘 알고 있었다. 그녀는 자신만만하면서도 신중해 보였다. 틀림없이 실제의 모습은 이보다 훨씬 더 아름다웠으리라. 조각가는 그녀의 얼굴에서 잠시 스쳐 가는 삶의 한 모습을 포착해 영원의 세계로 옮겨 놓았을 것이다. 나는 그것이 그토록 간절히 보고 싶었다.

그때 브루노가 조심스럽게 다가왔다.

"정면에서 흉상을 봤어? 말로 다 설명할 수가 없어."

"앞모습은 보고 싶지 않아. 이쪽 방향에서 보는 게 더 좋아."

브루노가 내 손을 잡고서 자기 쪽으로 끌어당겼다.

"왜 앞에서 보고 싶지 않은지 알지만, 딱 한 번만 봤으면 좋겠어. 부탁이야."

"여기에서 보는 게 훨씬 더 멋져."

"완성되지 않은 한쪽 눈이 안 보이기 때문이지? 아나, 내 말을 믿어 봐. 앞에서 보면 훨씬 더 대단해. 모든 게 완벽해야만 대단한 건 아니야."

망치가 가슴을 빠르게 내리치는 것처럼 심장이 쿵쾅거리기 시작했다. 나는 정면에서 네페르티티를 보고 싶지 않았다. 그러나 브루노가 이끄는 대로 흉상의 정면이 보이는 자리로 움직였다. 그리고 용기를 내어 바라보았다. 브루노 말이 맞았다. 앞에서 보니 훨씬 더 아름다웠다.

"왜 복원을 하지 않는지 모르겠어."

우리 뒤편에 서 있던 한 여자가 함께 온 남자에게 말했다. 신혼여행을 온 부부 같았다.

어떻게 된 일인지 모르겠다. 평소의 나였다면, 겁 많고 강박증에 시달리는 나였다면, 결코 그 비슷한 일도 하지 못했을 것이다. 나는 뒤돌아서서 그들을 보고 웃으며 머릿속에 떠오른 문장을 풀어놓았다.

"빛나는 모든 것이 금은 아니듯, 떠돌아다니는 사람이 모두 다 길을 잃은 것은 아니다."

남자는 불편한 듯이 어색한 미소를 지어 보였고, 여자는 나를 정신병자 보듯 하면서 눈썹을 추켜올렸다.

"지금 뭐라고 했니?"

"《반지의 제왕》에 나오는 문장이에요. '빛나는 모든 것이 금은 아니듯, 떠돌아다니는 사람이 모두 다 길을 잃은 것은 아니다.' 그러니까 복원할 필요가 없다는 뜻이에요. 있는 그대로 완벽하니까. 그래 보이지 않나요?"

우리들의 특별한 시간

브루노

베를린에서 보낸 요 며칠이 내 인생에서 가장 힘든 시간이자 동시에 가장 행복한 시간이었다. 나는 지난 몇 달 동안 낭만적인 여행만을 상상했다.

아나가 노출 치료를 받으며 노력한다면 모든 일이 술술 잘 풀릴 거라 생각했다. 베를린의 거리를 산책하고 농담을 주고받으며 기념물 앞에서 사진을 찍고, 분위기 좋은 음식점에서 식사를 하는 것까지……. 그리고 아나의 두려움은 그저 허상일 뿐이라고, 나와 함께 있으면 모든 괴로움이 사라질 거라고 믿었다.

울어서 퉁퉁 부은 아나의 얼굴을 보고도, 엄마에게 데리러 오라고 전화했다는 말을 듣고도, 나는 그 애의 아픔이 어느 정도인지

짐작하지 못했다. 그저 멋진 꿈을 꾸고 있는데, 누군가가 뺨을 때리는 바람에 단잠에서 깬 듯한 기분이었다. 처음으로 아나 엄마가 옳았을지도 모른다는 생각을 했다. 내가 여행을 함께 가자고 고집부리는 바람에 그 애를 더 힘들게 한 것은 아닌지, 상처만 준 것은 아닌지 내심 걱정이 되었다.

하지만 어떻게 된 일인지는 몰라도 기적이 일어났다. 아나 엄마가 베를린에 도착하기 전에, 우리는 네페르티티를 보러 함께 박물관에 갔다. 그리고 그곳에서 모든 것이 변했다. 아나는 처음에는 흉상의 정면을 보는 걸 원하지 않았지만, 용기를 내어 네페르티티의 불완전함과 마주했다. 나는 그 애의 곁에서 두려움이 이해로, 감동으로, 그리고 열광으로 변하는 순간을 똑똑히 지켜보았다.

아나 스스로도 무척 놀란 눈치였다. 나중에 그 순간에 어떤 느낌을 받았는지 이야기해 주었다. 고대 이집트 왕비의 흉상 앞에 서자, 잠들어 있던 그녀 영혼의 일부가 깨어나는 것을 느꼈다나? 그리고 회복한 그 일부분은 용감하고 명랑하며, 무엇보다 호기심에 가득 차 있었다고 했다. 아나는 모든 것을 보고 싶어 했고 알고 싶어 했다. 여행을 계속하면서 질문을 하고 배우고 싶어 했다.

"내가 되찾은 것이 다시 잠들어 버릴 수도 있고, 불현듯 사라져 버릴 수도 있어. 하지만 내가 가진 병처럼 그것도 온전히 내 것이야. 그런 나도 존재하는 거라고. 얼마나 놀라운지 알아?"

박물관의 고대 이집트관을 둘러본 후, 우리는 꼭대기 층으로 올라갔다. 고대 사회의 무기와 도자기들이 전시되어 있는 진열장 사이를 쏘다니다가, 중앙에 단 하나의 물건만 전시한 어두운 방 안으로 들어갔다. 금으로 된 모자 같아 보였다. 어떤 시대의 유물인지 알아보기 위해 설명이 적힌 표지판을 보고 있는데, 짧은 백발의 할머니가 천천히 다가왔다. 말을 할 때마다 눈 주위에 잡히는 주름이 눈길을 끌었다. 잘 웃는 사람의 주름이었다.

"스페인에서 온 친구들인가?"

할머니가 독일어 악센트가 들어간 스페인어로 말을 걸었다.

"그 모자를 처음 보니? 무척 신비로운 유물이란다. 프랑스와 독일의 몇몇 지역에서 단 네 개만 발견되었지."

"어느 시대 유물이에요?"

아나가 흥미를 보였다.

"기원전 1,000년경이란다. 청동기 시대에 유럽 중부 지방에 퍼져 있던 셀틱 문화 이전의 문명인 언필드 문화에 속하지. 그런데 흥미로운 건 이 모자들이 달력이라는 거야. 저기에 나선 모양들이 보이지? 날짜와 태양, 그리고 달 같은 걸 표시한 거거든. 태양력과 태음력을 동시에 표현한 달력이야. 가령, 하지가 언제인지 계산하기 위해 쓰였던 것 같아. 일식이나 월식이 일어날 날짜를 미리 점칠 수도 있었겠지. 아직 문자가 없던 시대에 만들어진 유물이야."

"믿을 수가 없어요! 그런데 이 모자에 대해 어떻게 그렇듯 많은 걸 알고 계세요?"

아나가 눈을 반짝이며 물었다.

"나는 고고학자거든."

"저도 나중에 고고학자가 되고 싶어요. 무척 어려운 일이겠지만요. 그렇죠?"

아나가 수줍어하자 할머니가 빙긋 웃었다.

"어려운 일이지. 하지만 열정적으로 할 수 있는 흥미로운 일이기도 해. 그 무엇과도 바꿀 수 없지."

우리는 직원이 와서 폐관 시간이 다 되었으니 나가 달라는 말을 할 때까지 그 유물을 뚫어져라 바라보면서 설명글을 읽었다.

박물관에서 거리로 나왔을 때는 이미 밤이 되어 있었다. 비는 내리지 않았지만 공기가 아주 습했다.

"택시를 탈까? 아니면 지하철을 타고 돌아가는 게 좋을까?"

"택시가 낫겠어. 지하철은 사람이 너무 많아서 힘들어……. 그런데 호텔로 돌아가기 전에 할 일이 있어."

아나가 휴대폰을 꺼내 아주 빠르게 자판을 두드렸다.

"누구한테 보내는 문자야?"

내가 궁금해서 묻자 아나가 나를 가만히 바라보았다. 그 애의 눈이 조금 전에 고고학자와 이야기를 나눌 때처럼 반짝이고 있었다.

"엄마한테. 사실은 잘 지낸다고, 조금 뒤에 전화하겠다고 했어. 그리고 날 데리러 오지 말라고. 너와 함께 베를린에 며칠 더 머물고 싶거든."

새로운 시작을 꿈꾸며

아나

그 후 며칠 동안의 시간이 쉽지만은 않았다. 나는 주의를 딴 데로 돌리기 위해서, 지하철 개찰구를 여러 번 통과하지 않기 위해서, 호텔의 회전문을 뱅글뱅글 돌아 나오지 않기 위해서, 손톱으로 손바닥을 찍어 누르며 고통을 주어야만 했다. 그런데도 여러 차례 절망을 겪었다. 같은 말을 반복하거나, 아닌 척하면서 벽 위에 손가락으로 문장을 되풀이해 쓰곤 했다.

그럼에도 불구하고 몹시 즐거웠다. 브루노와 함께 무척 특별한 시간을 보냈다. 그 애가 원하는 것들을 하나씩 해 나갔고, 보통의 커플처럼 쉬지 않고 이야기를 나누면서 유쾌하게 웃었다. 남들 눈에 우리는 무척 평범한 커플 같아 보였을 것이다.

이 모든 것이 내가 치료되었다는 걸 의미하지는 않는다. 그저 내 병과 함께 살아가는 방법을 배웠을 뿐……. 나는 내가 가진 강박증 그 이상의 존재다. 몇 가지 약점을 갖고 있지만, 그것으로만 나를 함부로 단정 지을 수는 없다.

내 인생의 모든 것이 강박증이라는 단어에 달려 있지는 않다. 그런 증세를 안고 있음에도 불구하고 내가 할 수 있는 일은 아주 많다. 다른 사람들보다는 훨씬 더 힘든 과정을 거치겠지만, 그렇다고 불가능한 것은 아니다.

나도 할 수 있다. 여행을 갈 수도 있고, 고고학을 공부할 수도 있으며, 내 인생을 위해 여러 가지 선택을 할 수도 있다. 적어도 강박증이 내 삶을 결정하게 내버려 두지는 않을 작정이다.

그런 생각을 할 때마다 조금 고통스럽기는 하다. 나 같은 사람이 뭔가를 결정한다는 것은 매우 어려운 일이니까. 나는 꽤 오랫동안 결정하는 걸 피하기 위해 여러 가지 방법을 찾아냈다. 모든 것을 우연에 맡기거나 주사위를 던지거나 하면서. 주사위를 던지는 건 주머니 안에 '우연'을 보관하는 하나의 방식이었다.

'자유'라는 것을 생각하면 현기증이 나는 것 같다. 물론 롤러코스터에 탔을 때 느껴지는 기분 좋은 현기증이다. 그리고 브루노와 함께 있을 때면, 나에게 정말로 중요한 사람을 믿는 데서 오는 만족감을 느낀다.

이 관계가 얼마나 오래 지속될지는 알 수 없다. 우리는 무척 어리고, 모든 것은 너무 빨리 변하니까. 그래도 베를린 여행은 우리에게 무척 의미 있는 일로 기억될 것이다.

앞으로 어떻게 될지는 모르겠지만, 브루노는 언제까지나 나에게 네페르티티 얼굴에서 미완성으로 남은 눈동자를 있는 그대로 받아들이도록 가르쳐 준 사람으로 남을 것이다.

그 애와 함께 있는 동안, 나는 그 모든 약점에도 불구하고 나 자신이 되기로 마음먹었다. 나를 사로잡고 있었던 강박증과의 전쟁에 영원히 틀어박혀 살 필요가 없다는 것도 알게 되었다. 조금 과장된 생각인지도 모르겠지만, 나는 이것이 내 삶의 새로운 시작이라고 믿는다.

고장난 하루

첫판 1쇄 펴낸날 2019년 8월 30일
5쇄 펴낸날 2022년 4월 25일

지은이 아나 알론소·하비에르 펠레그린 **옮긴이** 김정하
펴낸이 박창희
편집 김수진 **디자인** 강소리
마케팅 최창호 **회계** 양여진

펴낸곳 (주)라임
출판등록 2013년 8월 8일 제 2013-000091호
주소 경기도 파주시 심학산로 10, 우편번호 10881
전화 031) 955-9020, 9021 **팩스** 031) 955-9022
이메일 lime@limebook.co.kr **인스타그램** @lime_pub

ⓒ라임, 2019
ISBN 979-11-89208-32-5 44870
        979-11-951893-0-4 (세트)